目に見えないけれど大切なもの

あなたの心に安らぎと強さを

渡辺和子

PHP文庫

○本表紙図柄＝ロゼッタ・ストーン（大英博物館蔵）
○本表紙デザイン＋紋章＝上田晃郷

まえがき

この度、七年ぶりに本を出していただくことになりました。

この七年間を振り返ってみると、それは、新しい人間関係の中で苦労もし、喜びも味わった日々でした。この本の中にある「心に納めること」の一文が、多くを語ってくれています。

またこの七年間は、思いがけない病気をいただいて、病と共に生きた日々とも言えます。膠原病《こうげんびょう》にかかり、それが快方に向かった時、薬の副作用もあってか、骨粗鬆症《こっそしょうしょう》で胸椎を二つ圧迫骨折してしまいました。筋力が衰えてゆく時の苦しさを味わい、また、むき出しになった神経が与える、たとえようもない痛さも経験しました。

その時は本当に辛《つら》かったのですが、この痛さ、辛さを通して、人の温かさ、親切を身に沁《し》みてありがたいと思い、私自身も、以前より少し優しくなれたように思います。病気をしなければ味わうことができなかった〝癒《いや》し〟の恵みもいただきました。

さらに、この七年間が私に与えてくれたものと言えば、どんな姿の自分も嫌うことなく、その自分と仲良く生きる勇気でした。他人の助けなしには、一寸《ちょっと》したものさえも持ち上げる力をなくしてしまった、情けない自分を受け入れる勇気、圧迫骨折で体型が変わり、背も丸くなり、以前と比べて七センチ背の低くなった自分を惨《みじ》めに思わない勇気、そして、七十歳という大台を越して、老いに伴うさまざまの悲しさを一つひとつ〝我が物〟として認める勇気でした。

若い時に考えていた「勇気」は、何かに敢然として立ち向かい、征服する勇気だったように思います。それが変わったのです。受け入れがたいものを受け入れる勇気というものがあり、それが人間の成長にとって大切なのだということを習いました。

結婚してから必ずしも幸せでなかった一人の卒業生が、手紙を書いてくれました。ようやく家庭が平和になり、自分も幸せになったという近況報告の後に、「結局、大切なのは、簡単な決意と実行なのですね」と、書き添えてありました。

姑から注意された時に、その注意を素直に受け入れる決意、夫や子どもの帰りを笑顔で迎える決意、他人と比較しないで自分の生活を大切にする決意、これらの決意を立て、曲がりなりにも実行した結果として得られたものが家庭の平和と自分の幸せだったというのです。

一生の間には、いくつかの記憶に残る「大きな幸せ」もあることでしょう。でも、私たちの平凡な日々を埋めるのは、「ささやかな幸せ」なのです。そして、そのような目立たない幸せは、お金も時間も要《い》らない「簡単な決意と、その実行」を私たちが日常生活の中で行うことによってのみ、もたらされるのです。

この決意と実行にも勇気が要ります。それは、自分のありようを絶えず正し、自我に死ぬ勇気といえるかも知れません。私は、それを「小さな死」と呼んでいます。いつか必ず迎える「大きな死のリハーサル」なのです。

私たちの毎日の生活の中には、「嫌だな」とか「面倒くさい」と思うことがあるものです。そんな時、口の中や心の中で「小さな死」と呟《つぶや》くのです。いいたいこと、いい返したいこと、したいことを我慢する時も、こう呟くことで勇気が与えられることがあります。

ました。

「もし一粒の麦が地に落ちて死ななければ、それは一粒のまま残る。しかし、死ねば、豊かに実を結ぶ」という聖書の句があります。死なないと生きない、死なないと新しい命が誕生しないのだ、ということを近頃、よく考えるようになりました。

いつも生き生きと生きてゆきたい。そのためには、どんな自分も受け入れる勇気を持つことが必要です。そしてその勇気は、多くの場合、自我に死ぬ「小さな死」によってもたらされるのです。そんなことを痛切に学んだ七年間でもありました。

この本の刊行に当たり、ＰＨＰ研究所の阿達ヒトミ様にお世話になりました。いつも私と、喜びも悲しみも、共にしてくださる方々に深く感謝して、この本を捧げたいと思います。

渡辺和子

二〇〇〇年十一月

目に見えないけれど大切なもの◇目次

ii 人を育てる心

iii 愛を知る人のために

iv

心が波立つ日には

V 大切なものは目に見えない

i

こんな生き方ができたら

むくいを求める心

こまった時に思い出され
用がすめば
すぐ忘れられる
ぞうきん
台所のすみに小さくなり
むくいを知らず
朝も夜もよろこんで仕える
ぞうきんになりたい

（河野《こうの》　進《すすむ》）

本当に、こんな生き方ができたら、どんなにいいかと思いながら、そうなれない自分と毎日一緒に暮らしている。

「むくいを知らない」どころか、自分の存在、手柄を知らせよう、知らせようとしている自分。「まあ、きれいなお花」と修道院の誰《だれ》かが言えば、「私がいただいた花なの」と、言わなくてもいいことを言っている。なぜ、黙って相槌《あいづち》が打てないのか。こんな私が、〝ぞうきん〟になり切れる日は遠い。でも、と思う。人間はやはり、どこかでむくわれていないと生きていけないものだ。

岡山にいた頃、私は毎年四月頃、街頭募金に立ったものだった。吹く風の冷たい年もあった。修道服で立っていると、お金を入れてくださる方が多いと言われて、立っていたものである。教えていた学生たちに、一緒に立ってくれないかと声をかけると、大ていの人は気持ちよく応じてくれたが、中には「いやです」と断る人もいた。理由を尋ねると、「街頭募金に立つなんて、結局、自己満足でしょう」という。

その言葉に一瞬たじろぎながらも思ったものである。所詮《しょせん》人間は神でないのだから、一〇〇パーセントむくいを求めない仕事などできっこないのだ。自己満足だけを求めて街頭に立つことは、決してほめられたことではないけれども、良いことをした時、自然に満足感を覚えることは当たり前なのだ。それを素直に、謙虚に受け取ったらいい。詩の中の〝ぞうきん〟も、人の役に立った時には、多分それなりの満足感を味わったに違いない。

「忘れられて喜べる教師になれ」と言われたことがある。四十年も昔のこと、教職をはじめようとする私への恩師の言葉だった。〝ぞうきん〟になれということだったのだろう。

今の私は、優等生のぞうきんになり切れず、まだ、ひそかな自己満足を求め、味わっている。でも、そんな私に、「それでいいんだよ。ぞうきんになろうという気持ちだけは忘れないでいなさい」と、優しくいってくれる声がある。その声に支えられて、毎日を歩んでいる。

幸せのありか

一人の卒業生の手紙にあった言葉である。

「昔は〝不幸〟の主人公になり切ることしかできなかった私が、今、おかげさまで、いつもどんな時にも、人生に感謝できるようになりました。……幸せは、自分の心がつくるものであると知ることができたからでしょう」

家庭でも職場でも、辛いこと、苦しいことを数多く経験したこの人は、それらの経験を通して、大切なことを学び取っていた。それは、幸せは他人から与えてもらうものではなくて、自分の心がつくるという厳しさだった。

「暗いと不平をいうよりも、すすんであかりをつけましょう」というモットーを、あるキリスト教の団体が唱えている。まわりが暗いと不平を抱き、暗いのに誰も明るくしてくれないと不満を持つよりも、まず自分から、あかりをつけようというのである。

四十年も昔のこと、周囲の大反対を押し切って修道院に入った私は、そこが必ずしも〝天国〟ではないことを知った。いろいろのことが重なって、修道院を去ろうかとまで思い詰めた私は、ある日、一人の神父を訪ねて自分の失望、不満を打ち明けたことがある。その神父も、修道生活を送っている人であったが、私の話を聞き終えると静かにいった。

「あなたが変わらなければ、どこへ行っても同じだよ」

他人が私に親切にすること、優しくなること、理解してくれることを期待していて、それが得られないといって、失望と不満を抱いていた私は、〝自分が変わる〟という大切なことを忘れていた。そして、私が変わるにつれて、不思議に周囲も変わってくれたのだ。

幸せに生きるということは、決して苦労のないことでもなければ、物質的に豊かな生活を送ることを意味してもいない。苦労をしたおかげで、苦労のない時にはわからなかった他人の痛みをわかることができた、と感謝する心に幸せは生まれるのである。幸せは、いつも自分の心が決めるのだ。

傷ついた心から学ぶ

修道者であっても、この世に生きている限り、煩《わずら》わしいことに無縁であろうはずはなく、生身の人間である限り、傷つかないで生きていられるものではない。いうも恥ずかしいような些細《ささい》なことで心が波立つことがある。

先日も仕事を終えて修道院に戻り、廊下を通りながら「ただいま」と挨拶《あいさつ》したのに、話し合っていた二人のうちの一人は、「お帰りなさい」といってくれたが、もう一人は、何もいってくれなかった。こんなことで傷ついてどうすると、よくわかっていながら、そんなことで心の中が波立つ自分を持てあましたのだった。

傷つきたいなどと夢にも思わない。でも私は、傷つきやすい自分を大切にして生きている。何をいわれても、されても傷つかない自分になったら、もう人間としておしまいのような気がしているからだ。大切なのは、傷つかないことではなくて、傷ついた自分をいかに癒し、その傷から何を学ぶかではないだろうか。

思いやりというのは、自分の思いを相手に〝遣《や》る〟ことだろう。私が、挨拶を返してもらえなくて淋しかった、辛かったその思いを大切にして、「だから、他人が挨拶した時には挨拶を返してあげよう」と心に決めること、それが思いやりなのであって、それを可能にするためには、心のゆとりが要《い》る。

このような心のゆとりをつくることを、私は若い時に一人の人から教えられた。その人は、傷だらけの自分に愛想をつかしていた私を優しく受け入れ、〝傷口〟に包帯を巻いてくれた。さらに、傷つくことを恐れなくてもいいこと、一生の間には何度も挫折《ざせつ》を味わうだろうが、その度に立ち上がること、そして人間には、自己治癒《ちゆ》力が与えられていることも教えてくれたのだった。

その時以来、私は強くなった。傷ついても大丈夫という思いが心にゆとりをつくり、傷から目をそむけることなく、自分で手当てすることを覚え、さらに他人の傷に包帯の巻ける人になりたいとさえ思うようになった。

心に一点の曇りもない日など、一生のうちに数えるほどしかないのだ。心の中が何となくモヤモヤしている日の何と多いことだろう。〝にもかかわらず〟、笑顔で生きる強さと優しさを持ちたいと思う。

私の不機嫌は、立派な〝環境破壊〟なのだと心に銘じて生きねばなるまい。私たちは、ダイオキシンをまきちらしてはいないだろうか。他人、特に子どもたちの吸う空気を、自分の不機嫌で汚してはいないだろうか。傷つきやすい、柔らかな心を大切に、そんな心しか持っていない自分をいとおしみながら、周囲の空気を少しでも温め、清浄なものにしてゆきたい。

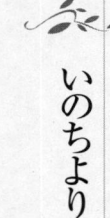

いのちより大切なもの

いのちが　一番大切だと
思っていたころ
生きるのが　苦しかった

いのちより大切なものが
あると知った日
生きているのが
嬉しかった

（星野富弘《ほしのとみひろ》）

昨年の八月末、ご縁があって群馬県勢多郡東村に富弘美術館を訪れ、その後、星野さんともお目にかかる機会に恵まれた。

お逢いしたら、冒頭の詩の中にある「〝いのちより大切なもの〟って何ですか」とお尋ねしたいと、かねがね思っていたのに、いざその場になると、私は、「その車椅子を、どうやってお動かしになるのですか」といった愚問しか口に出していなかった。そして、そんな問いにも、嫌な顔一つなさらず、実演して車椅子を動かして見せてくださる星野さんの優しさに触れたのだった。

負け惜しみでなく、〝いのちより大切なもの〟についての質問をしなくてよかったと、今は思っている。なぜならこれは、答えをもらうものでなく、私たち一人ひとりが自分の生活の中で求め続け、見出してゆくものなのだろうから。

もしも私が、「シスターにとって、それは何ですか」「シスターも命より大切なものをお持ちですか」と尋ねられたら、果たして私は、何と答えるだろう。

私たちの命、それは延命装置で生かし続けることができるものであり、植物状態になったとしても保ち続けるものである。脳死か心臓死かということが大きな問題となったのも、命の終わりはいつか、つまり、何をもって死と判定するかということについてであって、「人を生かすものは何か」ということについてではなかった。

人間が「生きている」ということと、「生きていく」ということとは、ただ一字違うだけだが、実は大きく違うのだということを私たちは知っている。星野さんも、ただ生きているだけの自分でなく、生きていくことができる自分にお気づきになった喜びを、詩に表されたのではなかろうか。

その生きていく力は、命より大切なものがあると知った時に与えられたという。この自分が、傷のあるままで愛されていることに気づき、それを気づかせてくれる人々の愛、神の愛に気づいて与えられた力だったのではないだろうか。そういう力に支えられて、苦しいことの多い一生を生きた一人の人間の生の軌跡は、この世の命に勝る尊い尊いものなのだ。

私の心を冒頭の詩がしばしば横切る。それは多くの場合、私が、自分の命を一番大切に思うがゆえに苦しんでいる時である。

私などにはわからない苦しい時間を過去に過ごし、今もお過ごしの星野さんは、かくてご自分の手足、体の不自由さで、数え切れない多くの人々の心を自由にする詩を生み出してくださっている。ありがたいと思う。

心のぶつかりあい

昨年（一九九九）の十一月末、幼い女児を絞殺した一人の女性が、その動機について話した中に、自分と女児の母親との間には、「心のぶつかりあいがあった」という表現があった。

このことが他人事《ひとごと》でないと感じられたのは、私たちもまた日常生活の中で、多かれ少なかれ、周囲との心のぶつかりあいを経験し、悲しい思い、腹立ち、口惜《くや》しさといった感情の高ぶりに悩んだことがあるからだろう。

ある人がパーティーに出席した時のことである。乾杯の後、突然一人の男が理由もなく背後からぶつかってきた。グラスのワインはこぼれ、その人は当然のことながら腹立ちを覚えた。ところが、見ると、その男は次々に他の人ともぶつかっている。それを見てその人は呟《つぶや》いた。

〝It is his problem, not mine.〟(私とは関係ない。彼自身の問題なのだ)

他人と心のぶつかりあいがある時も、このように呟かないといけない時がある。私にいけないところがあるのか、それとも、それは相手の問題なのかを見極めた上で、自分が悪ければ謝り、相手の問題である時には、苦笑して、〝こぼされたワイン〟を拭《ふ》くぐらいの心の余裕がほしい。

ぶつかりやすい相手との間には、ある程度、距離を置くのも一策である。車でも車間距離を取るように、適度な人間距離《じんかん》が、ぶつかりあいを防いでくれる時がある。それを〝賢さ〟というのかも知れない。人間は弱いものなのだ。いつもいつも耐えられるものではない。

ところで世の中には、相性が悪いというのか、相手の存在そのものが気に入らない同士がいるものだ。ある時私は、そういう一人とつき合ってゆかねばならなくなって苦しんだことがある。その時にいただいた言葉、それは、「文化の違いと割り切りなさい」であった。

外国の人たちに比較的寛容になれるのは、文化が違うと割り切れるからなのだ。ところが同国人、同僚となると、そうはいかない。許しがたくなり、ぶつかりやすくなる。ライバル意識がある時は特にそうだ。

しかし考えてみれば、人間は一人ひとり別人格で、違うのだ。親子、夫婦、兄弟姉妹、親友であっても、人は皆、独自の〝文化〟を持って生きているのであって、当然そこには心のぶつかりあいも生じるだろう。

程度の差こそあれ、私たちは心のぶつかりあいを経験しながら今日も生きている。別人格としての個人個人の間には、決して完全な理解、一致はあり得ないという事実を、醒《さ》めた目で冷静に受けとめないといけないのだ。それと同時に、温かい心で、自分と異なる相手を優しく受けとめ、許しながら、そして自分もすでに許されているのだと謙虚に呟きながら生きてゆきたいと思う。

ありのままの自分

私たちは誰しも、「ありのままの自分」と、「見てもらいたい自分」の、二人の自分を持って生きている。

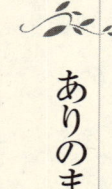

「ありのままの自分」は有機体だから、病気もすれば歳《とし》もとる、感情が高ぶることもあれば落ちこむこともある自分だ。ところが他人にそういう自分を見せたくなくて、「見てほしい自分」を演技するところに無理が生じ、不自由になってしまう。

「ありのままの自分」と、「ありもしない自分」との間のギャップが大きければ大きいほど、隠すものが多くて疲れは激しい。絶えずそれらしく見せかけ、ボロが出ないよう気を使わないといけないからだ。それはちょうど、着なれないよそゆきの着物を一日中着ていて、家に戻って脱いだ時に感じる疲れのようなものである。

そんなに苦労してまで、どうして「ありもしない自分」を保とうとするのかといえば、多分、そういう自分でないと他人が相手にしてくれない、他人に好かれないという恐れがあるからではなかろうか。デートの時に、念入りに化粧し、相手の気に入るように振舞おうとする心理に似ている。

このような「見せかけの自分」から自由にしてくれるのは、自分を、ありのままの姿で愛してくれる人との出合いである。「ふだん着のあなた、素顔のあなたでいいのです。それが好きなのです」という人に出合って、初めて、よそゆきの装いとその窮屈さから自由になり、人は本来の自分の姿を見つめる勇気を与えられるのだ。

若い時、劣等感を強く持っていて、自分をよく見せよう見せようとしていた私に、「あなたは、そのままで宝石だ」といってくれた人がいた。人間の価値は、他人と比べてのそれではなく、かけがえのない一人としての不動のものであることに気づかせてくれた人だった。

この言葉を聞いてからというもの、〝どうでもいい自分〟が〝どうでもよくない自分〟に変わったから不思議である。

それまで、自分は単なる石ころにすぎないと思っていた私は、その人の期待を裏切るまい、と思った。そのために私は、宝石になろうと努力し始めた。大切なのは宝石に見せかけることではなくて、宝石になる努力を惜しまないことだと知ったのだった。

主よ、変えられないものを
受け入れる心の静けさと、
変えられるものを変える勇気と、
その両者を見分ける英知を与え給《たま》え。

これは、ラインホールド・ニーバーの祈りである。変えられない「自分の存在」そのものを心静かに受け入れながら、その自分を、「あるべき姿」に変えてゆく勇気を祈りつづけてゆきたいと思う。

九八パーセントの信頼

「どれほど愛し合っていても、相手を一〇〇パーセント信じては駄目。九八パーセントにしておきなさい。残りの二パーセントは、相手を許すために取っておくの」

「初めから疑ってかかるのですか」と不思議そうな顔をする学生たちに、そうではなくて、もしも一〇〇パーセント信じてしまったら、裏切られた時、相手が許せなくなるから、と説明すると、納得してくれます。

信じるということは大切なこと、美しいことですけれども、悲しいことに人間の世界に〝完全な〟信頼はあり得ません。信じることを教えるのも教育なら、人を疑うことの必要性、単純に物事を信じてしまってはいけないことを教えるのも教育の一つの役割なのです。それは、神でない人間は、他人も自分も皆、弱さを持ち、間違うことがあるのだという事実に目を開かせ、許しの大切さを教えることでもあります。

赤ちゃんが一番最初に習わないといけない発達課題は「信頼」だといわれています。空腹で泣けばミルクが与えられ、おむつが汚れれば取り替えてもらえ、落ちないようにしっかりと抱かれることによって、赤ちゃんは自分が愛されていることを知り、まわりの世界への好意と信頼感を身につけてゆくのです。この時期に十分な信頼感を得られないで発育した子どもは、不信感の強い大人になると考えられています。

ですから、折あるごとに子どもたちをしっかり抱きしめて、基本的信頼を持たせるようにしましょう。そうすれば、大きくなって厳しい現実に直面し、人間の弱さに否が応でも触れざるを得なくなった時も、絶望することなく、九八パーセントの信頼と、二パーセントの許しの余地を持って、たくましく、優しく生きてゆくことができるでしょうから。

心に納めること

皆さまも毎日のように経験していらっしゃることかも知れませんが、世の中はなかなか自分の思いどおりにはなってくれません。つい愚痴や不平も出ようというものです。

相田《あいだ》みつをさんの詩に、「だまっているだけ」というのがあります。

だれにだってあるんだよ
ひとにはいえないくるしみが
だれにだってあるんだよ
ひとにはいえないかなしみが
ただ　だまっているだけなんだよ

いえば　ぐちになるから

なんとなくわかるような気がします。

聖母マリアも「心に納めること」を知り、かつ実行した人でした。藪《やぶ》から棒の受胎告知に始まり、神の子であるイエスが十字架上で悲惨な死を遂げるのを見守るまでの三十数年間、マリアの生涯には、不可解なこと、「言えば愚痴になる」ことが沢山あったと思うのです。マリアはそれらのことを「ことごとく心に納めていた」と、聖書は記しています。

このように、誰にでも他人にいえない悲しみや苦しみがあるのだ、そういうものを抱えて生きているのだと思う時、私たちの相手に対する思いとまなざしは優しくなるのではないでしょうか。

そして自分もまた、すべてを洗いざらいぶちまけることなく、聖母マリアに少しでもあやかって、愚痴になることを黙っていられる人になりたいと思っています。それは決して、自分の感情を抑圧してしまうことではなくて、「神さまのなさることに間違いはない。私たちの力に余る試練はお与えにならない」と、神の愛を信じ、納得して、出来事の一つひとつを〝胸にあたため、花に変えて〟神に捧げることなのです。

神のごとくゆるしたい
ひとが投ぐるにくしみを
　むねにあたため
花のようになったらば
　神のまえにささげたい

（八木重吉《やぎじゅうきち》）

三十六歳で四年制大学の学長に任命され、その日から、今日までずっと管理職としての日々を過ごしてきました。その日々の中には、嬉しいことも沢山ありましたが、悲しいこと、辛いこともいっぱいありました。「打ち明けることができたら、口に出していってしまったら、どんなに楽になるだろう」と思う日に、聖母の〝心に納めて生きている姿〟が、私を制してくれました。そしてそのような生き方の積み重ねが、今日の私をつくってくれたのです。

「どうして、なぜ」と、他人を咎《とが》めたくなる日に、「誰だって、他人にいえない苦しみ、悲しみがある」という思いが、私を少し優しくしてくれたように思います。

人はそれぞれ、悲しみであれ、苦しみであれ、〝目に見えないもの〟を持って生きているのです。このことを忘れないで、自分の生き方を正し、他人の生き方への理解を深めてゆきたいと願っています。

そんな自分を嫌わず、いじめず

「シスターは、神さまを信じているから、落ち込むことなんかないでしょう」といわれることがあります。とんでもないことで、信仰があっても、なくても、人間、落ち込むことに変わりはないのです。

そうかと思えば、「落ち込んだとしても、お祈りしたら、すぐに立ち直れるでしょう」といってくれる人もあります。本当にそうだといいのですが、お祈りはマジックではないのです。

落ち込む原因にはいろいろあります。体の調子が良くない時は、ふだん気にしないことが気になって、ふさぎこむことがあるものです。そんな時、私は夕食後、皿洗いを済ませて自分の個室へ戻ると、早寝をしてしまうことがよくあります。三十六計逃げるにしかず。無理をしないで、とにかくせめて、体だけでも休ませてやるのです。

自分の傲慢《ごうまん》さから、「私は、もっと良くできたはずなのに」と、期待外れのことしかできなかった自分が情けなくて落ち込むことがよくあります。こんな時は、少し頭を冷やして、「そういう時もあるものだ」とか、「これが私なんだ」と、自分を受け入れ、いたわってやることで、心が安らぐ時があります。

他人から誤解されたり、ありもしない悪口をいわれたり、そういうことを人伝《ひとづ》てに聞かされて落ち込むこともあります。心に受けたこういう傷はなかなか癒されなくて、辛いものです。そんな時は、誰かに「辛い」と打ち明けることで心の重荷が半分ぐらい軽くなることがあります。でも、信頼できる相手でないと、打ち明けたことを後悔することもあると、知っておいた方がよいでしょう。

打明《うちあ》けて語りて
何か損をせしごとく思ひて
友とわかれぬ
（石川啄木）

私は今から二十年ほど前に、思いがけず心に風邪を引いてしまったことがあります。大学の学長職に加えて修道会の管区長職をいただいて、心も体も疲れ果てていたのだと思います。応接間でお話ししていてもいつの間にか眠りそうになったり、出合う人にほほえみかけることができなかったり、大学生に講義をしていて、言葉が続かなくて〝立ちん坊〟になってしまったことがありました。

学生たちに「ごめんなさい」と謝り、しょんぼりして戻った学長室のドアの下から、「シスター、今日の講義は、とても良かったです。一学生より」というメモが差し込まれて、その優しさに涙すると共に、自分の不甲斐なさに、また落ち込んだこともありました。

「私には、今の仕事をする資格はもうない。私の人生は五十歳で終わりなのかも知れない」と落ち込み、死ぬことさえ考えました。その心の中を一人のアメリカ人のシスターに打ち明けた時、その人は静かに最後まで聞いてくれてから、こういったのを覚えています。

「あなたは、今まで人の二倍働いてきたのよ。今のあなたで、ちょうどいい」

こういう人々の優しさが、最終的には私を立ち直らせてくれたのですが、私はやはり、風邪を引いた自分の心と、その後も二年間、共に過ごさねばなりませんでした。

落ち込んだ心を立ち直らせる特効薬などないのではないでしょうか。

祈ることもとても大切です。「立ち直らせてください。抜け出させてください」という祈りは、いつかきっと聞き入れられることでしょう。祈ることによって、私たちは、自分の不完全さ、思い上がりに気づき、また、他人の不完全さを許す心のゆとりを取り戻すことができることがあります。

先にも書いたように、祈ったから立ちどころに心の傷が癒《い》え、心に平安が戻るわけではありません。しかしながら、祈ることで、「痛みを抱えながら生きる」のが、私たちにとって、当然のことであることを悟り、かくて、私たちの人生には、同じく痛みを抱えて生きている人への優しさも育つのです。

「災難に遭う時節には、災難に遭うがよく候。死ぬる時には、死ぬがよく候。これはこれ、災難を逃るる妙法にて候」と、良寛和尚は、その手紙の一節に記しています。

落ち込んだ時は落ち込むのがよいのでしょう。そんな惨《みじ》めな思いをしている自分を嫌うことなく、いじめることなく、「いつか良くなる」ことを信じて、自分と仲良く過ごしている時、心を蔽《おお》っていた雲が晴れて、明るい日射しが以前より輝いて見えてくるのです。

決意を新たに

私には、どうしても好きになれない人が一人います。いけないとわかっていながら、その人と一緒になるのを、できるだけ避けようとしてしまいますし、一緒の時には、冷たい態度をとってしまいます。その度に、そんな自分が情けなく思えて、「今度こそは、もっと優しくなろう」と決心するのですが、いざ、その人に面《めん》と向かうと、またもや、顔も態度もこわばってしまうのです。

私たちの生活の流れの中には、竹の節のようなものが折々にあって、〝今までと違う自分〟〝新しい自分〟になる機会をつくってくれます。

そのチャンスを有効に使うか否かは、その時に何かを決心するかしないか、というよりも、むしろ、立てた決心をその後、守り抜くか否かにかかっているのではないでしょうか。決心すること自体は易《やさ》しいです。しかしながら、決心が三日坊主で終わらないためには、絶え間ない自分との闘いが必要であり、さらに、決心を破った時、そんな自分に絶望することなく、再び決意を新たにする〝自分への優しさ〟が必要なのです。

失敗した後に、「今度こそは、あの人に優しく」と日記に書くことは易しいです。でも、次の瞬間に、その人と出合った時、果たして、書いたこと、心に決めたことが実行できるかどうかとなると、必ずしも自信はありません。

そんなにだらしのない自分、弱い自分を、それでも私はいとおしく思い、語りかけてやるのです。「また失敗。でもそのおかげで、私は傲慢にならずに身を低くして生きることができるのだし、そのおかげで、また、決意を新たにすることができるのだ。がんばろうね」と。

倒れることは決して恥ずかしいことではありません。キリストも十字架を担《にな》ってゴルゴタの丘に登る途中で三度倒れたといわれています。倒れても倒れても起き上がり、その度に少しずつ謙虚になっている自分でありたいと思います。

信じるということ

東北地方を旅していた時のことでした。その日はあいにく雨がひどく降っていて、周囲の景色は何も見えません。バスのガイドさんは、さも残念気に、「晴れていれば、このあたりには美しい湖がごらんいただけるのですが、本日はおあいにくさまです」と謝るのでした。

観光客の誰しもが残念がりながらも、そうかといって、「いいや、見えていない湖があるはずはない」と抗議した人は一人もいませんでした。

信じるということは、案外こういうことなのかも知れません。到底ありそうにない湖の存在を、ガイドさんの言葉ゆえに、「ある」と信じて疑わないということです。

同じことが、神の存在についてもいえるのではないでしょうか。「世の中」というバスに今日も乗りこんでいる私たちに、イエス様がバスガイドになって、「今は目に見えませんが、神さまはたしかにいらっしゃいます。その方は私たち一人ひとりを限りなく愛していてくださる優しい御父なのです」と、説明してくださっているのです。

時には、「あなたが今経験していることは、父なる神の御業《みわざ》とは到底思えない、理不尽で苦しいことかも知れませんが、お信じください。私が保証します」と、すまなそうにおっしゃることもあります。そして私たちは、イエス様というガイドさんの誠実さを知るがゆえに、その言葉を信じて、生きる勇気をいただくのです。

私たちの人生の中にも、晴れた日には、くっきりと見えるものが、雨の日に見えないことがあります。天候のいかんにかかわらず、「湖の存在とその美しさ」を信じてバスの旅を続けること、それが取りも直さず、「信じて生きる」ということなのではないでしょうか。

聖パウロもいっています。信じるということは、「望んでいる事柄を確信し、まだ見ていない事実を確認することだ」と。

人生に冬がきたら

九州に住む一人の男性から、ここ数年来、年賀状と暑中見舞をもらうのだけれども、どういうわけか、決まって文末に、「ご老体くれぐれもおだいじに」と書かれているのである。ご本人も六十代初めくらいの方らしいのだが、私は七十二歳なのだから、その人からみれば〝ご老体〟なのだろう。いたわってくれ、尊敬してくれるのは有り難いのだが、なぜか嬉しくない。

人からわざわざいってもらわなくてもいい、という気持ちがある。もっと素直に、有り難く受け止めなければいけないと思う一方、本人がすでに身に沁みて感じていることを、駄目押しされるようで嬉しくないのである。

老いの自覚

私が二十代の頃、自分が五十歳、六十歳になるということは遠い先のこととして、考えてもいなかったように思う。若い時から割に責任のある仕事を次々にいただいたこともあって、立ち止まるひまもなく、気づいた時は、すでに父が死んだ歳、六十二歳を越えていた。

母のことも思い出される。四十四歳の時に私を産んだ母が、今の私の年齢の時、私はまだ二十八歳で、仕事が面白くてたまらない時期だった。朝早く家を出て職場に向かう私を見送り、夜遅く帰る私を待って夕食を共にしてくれた母は、その間、一人で淋しかったことだろう。腰も痛かったに違いない。一言も愚痴めいたことをいわなかった母に、今その歳になった私は、もっと優しくしてやればよかったと、悔やむことしきりである。

いつの間にか歳を取ってしまった。以前は、新聞を読んでいて、記事の中に要職についた人物の年齢があっても、そのほとんどが私より年上だったのに、今は違う。私より年下の人たちが第一線で活躍している。世代交代なのだと知りつつ、一抹《いちまつ》の淋しさを感じることがある。

そうかと思うと反対に、ここ数年、新聞の死亡欄の年齢が気になるようになった。自分と同年齢だったり、少し若い方の記事だと、「私も、そろそろ準備しておかなくては」と思い、ずっと年上の方の記事だと、「そのお歳まで、どんなご生活をなさったのかしら」などと、要《い》らないことを気にしている。

「高齢期こそは恵みの時だ」という人もいるが、それを聞いて「それもそうだ」などとは容易にいえない厳しい現実が、老いというものにはあるのだ。

江戸時代の禅僧、仙崖《せんがい》和尚は、歳を取った人の特徴を次のように詠《よ》んでいる。

しわがよる、ほくろができる、腰まがる、
頭がはげる、毛は白くなる。
手はふるう、足はよろつく、歯は抜ける、
耳は聞こえず、眼はうとくなる。
身に合うは、頭巾、襟巻、杖、眼鏡、
ゆたんぽ、温石《おんじやく》、しびん、孫の手。
聞きたがる、死にともながる、淋しがる、
心はまがる、欲ふかくなる。

くどくなる、気短かになる、ぐちになる、
出しゃばりたがる、世話やきたがる。
またしても、同じはなしに孫ほめる、
達者自慢に、人をあなどる。
（「老人六歌仙」より）

いちいち、うなずくようなことばかりで、「恵みの時期」からは程遠い現実が詠まれている。歳を取れば、〝部品〟が傷《いた》むのは当たり前なのだ。何十年も休みなく使ったのだから、摩滅しないのが不思議というべきだろう。にもかかわらず、高齢期もまた「恵みの時期」と考えたいものである。それは、若さに溢れていた恵みの時期、仕事が面白かった壮年期の恵みの時期とは、一味も二味も異なった恵みの時期でなければなるまい。

老いの哀しさ

イエス様は、この世においでになって、私たち人間が味わうであろうすべての苦しみ、哀しみを、一つの例外を除いて味わってくださったと、私は思っている。その例外が「老いの哀しさ」ではなかっただろうか。三十三歳の男盛りで、おなくなりになったのだもの。

でも、イエス様は、ご自身は味わわずとも、よくわかっていらしたのだ。その証拠に、ペトロに向かっておっしゃっている。

「よくよくあなたにいっておく。
あなたが若かった時には
自分で帯をしめて、行きたいところに行くことができた。
しかし、歳をとると
あなたは両手を伸ばし、ほかの者に帯をしめられ、
行きたくない所に連れて行かれるであろう」（ヨハネ21・18）

このキリストの言葉は、ペトロがどのような死に方をするかについていわれたものだと、ヨハネはいっているが、私たちの〝死に方〟にも当てはまるのではないか。

若い時には、自分の時間が思うように使えていた。だから「もっと時間があれば、あれもしたい、これもしたい」と思い、「歳を取って時間ができたら、翻訳で

もして過ごしたらいい」と思っていたものである。ところが、歳を取るということは、若かった時には〝何でもなくできたこと〟が、容易にできなくなることだと気づいた。翻訳しようにも、読書しようにも、〝その気になれない〟自分を、もどかしく思うことがある。

かくて、「老いる」ということは哀しいことなのだ。三島由紀夫が生前、「歳をとるのは、まっさかさまの転落だ」といっていたというが、そうまでは思わずとも、プライドが傷つけられることを経験するということは確かである。各種の、他人にはわからない精神的〝辱《はずかし》め〟を味わうことなのだ。

老いの恵み

このような〝辱め〟を経験して、石のような心が〝打ち砕かれる〟としたら、老いは、やはり恵みである。

老い先が短いということはまた〝今日〟を大切にさせることになる。明日が来るのは当たり前と考えて生きていた若い時代よりも、ぞんざいでなく、ていねいに時間を生きるようになっているとすれば、これも老いの恵みの一つであろう。

「死」というものを、より現実的に、身近なものとして考えられるということだ。

最近、「二〇〇三年完成予定」というような言葉を見たり、聞いたりすると、果たして自分は、その建物、施設の完成を見ることができるだろうか、次のオリンピック開催の時、生きているだろうかと考えるようになっている。多分、一日の重みというものが、以前よりも増していて、これも恵みの一つである。

一生を日本の教育と司牧に捧げて八十七歳で逝ったヘルマン・ホイヴェルス神父が、「年をとるすべ」と題した随筆の中に、南ドイツの一友人からもらったとして次の詩を紹介している。

最上のわざ

この世で最上のわざは何?
楽しい心で年をとり、
働きたいけれども休み、
しゃべりたいけれども黙り、

失望しそうなときに希望し、
従順に、平静に、おのれの十字架をになう。
若者が元気いっぱいで神の道を歩むのを見ても、
　ねたまず、
人のために働くよりも、
けんきょに人の世話になり、
弱って、もはや人のために役だたずとも、
親切で柔和であること。
老いの重荷は神の賜物、
古びた心に、これで最後のみがきをかける。
まことのふるさとへ行くために。
おのれをこの世につなぐくさりを
　少しずつはずしていくのは、

真にえらい仕事。
こうして何もできなくなれば、
それをけんそんに承諾するのだ。

神は最後にいちばんよい仕事を残してくださる。
それは祈りだ。
手は何もできない。
けれども最後まで合掌できる。
愛するすべての人のうえに、
　神の恵みを求めるために。

すべてをなし終えたら、
臨終の床に神の声をきくだろう。
「来《こ》よ。わが友よ、われなんじを見捨てじ」と。

（『人生の秋に』より）

仙崖和尚が、高齢者が示す自然の現象、性向を列挙したとすれば、ホイヴェルス師は、〝美しく老いるすべ〟、老いを恵みとして受け止める心を謳《うた》っている。「世代交代」と情けなく思うどころでなく、若者たちが元気いっぱいで生きている姿を喜び、他人から世話される立場を謙虚に受け止め、親切で柔和であること。「老いの重荷は神の賜物」なのだ。古びた心に、これで最後の磨きがかかるから、有り難いと思わなければならないのだ。

私自身、老いるということ、また、その自覚を持つことは、自分に磨きをかけるラストチャンスだと思う。持ち時間も、体力も、気力さえも確実に減ってゆくのだとすれば、若い時のように、多くのことに興味を示したり、行動したりする余裕はなくなり、いきおい、本当に大切なこと、必要なことを選んでするようになる。かくて、老いるということは、〝個性的になる〟チャンスなのだ。人間関係においても、老いるにしたがって、量から質へと徐々に変わってゆく。

世間に向いていた目を、もっともっと神に向け、神との交わりを大切にしたいと切に思う。現世的価値よりも、永遠につながる価値、「灰にならないもの」を大切にして生きてゆきたいと願うようになるのも、老いの恵みである。

人生の冬を生きる

四国に住む、九十歳になる詩人、坂村真民さんが、「冬がきたら」という詩を詠んでいる。「冬」を、人生の冬である高齢期に置き換えてみると、深い味わいがある。部分的に書き記してみる。

冬がきたら
冬のことだけ思おう
冬を遠ざけようとしたりしないで
むしろすすんで
冬のたましいにふれ
冬のいのちにふれよう
冬がきたら
冬だけが持つ
深さときびしさと

静けさを知ろう

冬はわたしの壺である…………
孤独なわたしに与えられた
魂の壺である

人生の冬――高齢期に入ったら、過ぎ去った季節のことをなつかしむのでなく、〝暖房〟を入れて、冬の寒さをまぎらわそうとしたりしないで、むしろ進んで「冬のたましい、冬のいのち」に触れようとすることこそが、大切なのだ。その時、冬は、冬だけが持つ宝、高齢期に入ってのみ味わえる「深さと、きびしさと、静けさ」を味わわせてくれる。かくて高齢期は、それまでに、その人が味わったすべての経験を融和し、意味づける〝魂の壺〟となる。
人間は、「その青年時代は肉体で世界を捉え、壮年の時は心と知で世界を捉えるが、老年になると、魂で世界をつかまえようとする」と、いった人もいるが、本当にそうかも知れない。

「老いる」ということは、ホイヴェルス神父のいう「まことのふるさと」に至るために人間にとって必要なことなのだ。この世につながれている鎖を少しずつ外してゆくのは、淋しいこと、辛いこと、辱めと感じることでもあるが、それは同時に、人間がこの世的な思い煩《わずら》いから自由になるために必要な作業なのだ。

一つひとつ、それまでに与えられたものをお返ししてゆくプロセスの中で、最後まで手放してはいけないもの、それが「祈り」であり、それこそは〝最上のわざ〟として、自分のため他人のために、老いたればこそできることである。かくて、高齢期こそは、恵みの時期となる。

共に生きる心

授業開始前、教室の外に立っていると、学生たちが外部から建物の中に入ってくるのが見える。そのほとんどが、ドアの取っ手を離す前に後続の人がいるかどうかを確かめて、ドアをそのまま押さえていたり、離していたりする。その小さな行為が、それまでの何の変哲もなく見えていた学生たちの顔を一瞬、美しいものに変える。思いやりとは、魅力と無関係でない。

文明の所産は、数え切れないほど多くの便利さを私たちに与えてくれた。たとえていえば、自動ドアがそうである。両手にいっぱい手荷物を下げていても、その前に立ちさえすれば自動的に開き、しかも自分で閉める必要のないものだ。その便利さをありがたく思う人も多いことだろう。

しかしながら、他方で、自動ドアが人間から奪ったものがあることを忘れてはなるまい。「自分の後ろに続く人を思いやる心」である。この世の中は自分だけで成り立っているのではないという、至極簡単明瞭な事実、自分以外に他人がいて、その人もまた、自分と同じく優しさを求めて生きているという事実、この真に基本的なことが、ドアの開閉の度に思い出されるのと、出されないのとで、いつしか人の心は大きく変わっていくに違いない。いや、すでに変わってしまっている。それは自分中心の心を生み、他人を思いやる優しさを減少させ、ひいては、その優しさが生み出す魅力を持つ人の数を減らしつつあるといっていい。

一昔前に比べてたしかに日本人は「きれい」になることを習得した。ファッション誌から抜け出したような男女の姿も珍しくなくなったし、化粧の仕方にしても、アクセサリーの使い方にしても上手になっている。しかし、きれいな人が増えるのに反比例して、真に人間的な魅力の持ち主が、減ってきているのは、やはり、他人を思いやる心、優しさが人の心から失われてきているからではないだろうか。

文明というものは、「自分だけで生きて行ける世界をつくる」ことをその一つの目標としているといえよう。自動と名のつくものを考えてみると、そのことがわかってくる。かくて文明は、心身の不自由な人に自由を与え、人間関係の煩わしさから人を解放し、物事をスピーディーに処理することを可能にして、忙しい人間に時間を与えてくれる。しかしそれは同時に自動ドアの例でも明らかなように、人間相互の助け合いの機会を減らし、その心を失わせつつあるのだ。

思いやりというものは、強いものが弱いものに、持てるものが、持たざるものに、つまり上から下に施すものではない。それは「人」という字がいみじくも表しているように、不完全なもの同士が、支えあう人間本来の姿なのである。この大切なことを、私たちは忙しい日常生活の中で忘れてしまっている。

一人の若い母親が、はじめて重度心身障害児の施設のボランティアに行った時の感想を綴《つづ》っていた。

「日常に取りまぎれて、私はいつも忘れ物ばかりしている。キャベツを切ったり、子供を叱ったりすることに追われて……。天井まで積まれたオムツの山をはじめて見たとき、私は忘れていたいろんなことを思い出したような気がした。たとえば、海の向こうで見知らぬ人たちが、泣いたり笑ったりしながら、自分と同じように生きていること。たとえば、遠い国の悲惨な飢餓や空《むな》しい戦いのこと……」

この若い母親は白いオムツをたたみながら「この世界で私たちはお互いがお互いを必要としている」ことに気づき、自分にささやかな時間と労力があれば、それを必要としている人に差し出すことがきわめて当たり前のことなのに、自分がそれを日常の忙しさに取りまぎれて忘れていたことに気づいたのであった。

「我が子でもなく、仲のよい友達でもなく、会ったこともない人たちのことを、時々でもお互いに思い合うことを教えて貰って、私は本当に嬉しかった」

感想文はこのように結ばれていた。それは「与えることは、より多くを受けることだ」と実感した人の言葉であった。

愛の反対を私たちは憎しみであると思いがちであるが、愛の真反対にあるのは、実は愛の欠如――「無関心」なのだ。そして今や、自動ドアに表される文明の所産は、自分だけで生きていける世界をつくろうとしているがゆえに、他人への無関心を育てつつある。

憎しみも決して良いことではないが、そこにはまだ救いがある。憎い相手が「気になる」からだ。ところが無関心の恐ろしさは、他人の存在を無視してかかるところにある。自分だけの世界に閉じこもりがちな現代人が味わう淋しさを救うものは、かくて「お互いが、お互いを必要としている」ことに気づく思いやり、優しさなのであろう。他人がそれを与えてくれるのを待ってだけいてはいけない。まず自分が、一歩を踏み出すこと。愛のないところに愛を注ぎ、植えていこう。そうしてはじめて愛が芽生え、育っていく。

愛のないところに愛を生み出すことは、時に至難の業となる。なぜなら、人間は本来、自己中心的に生きようとするものだからである。ところが、愛とは、自分が求めているものを、あえて相手に差し出すことなのだ。

母親が、「産みの苦しみ」の後に、大きな喜びを味わうように、愛を生む苦しみも、必ず大きな喜びに変えられる。

来るべき二十一世紀が、文明の更なる発達を約束し、他人への無関心を助長する世の中を現出するものとなるのならば、私たちは、何らかの方策を講じて、心に愛を育てること、共に生きることを学ばねばならないだろう。

ii 人を育てる心

一枚の葉書

今でいう中学一年生の時、私は東京四谷にある雙葉というミッション・スクールに、半ば強制的に入学させられた。それまで武蔵野の広々とした校庭や松林に囲まれた成蹊小学校で、男子と共に六年間を過ごした私にとって、都心の狭い校舎、コンクリートの校庭、女子校の雰囲気は、どれ一つとっても、息詰まる思いをさせるものばかりだった。

ある雨の日、校舎内を走りまわったあげくの果て、階段を二段跳びに駆け降りた私は、突き当たりのガラス窓の中に右手首を突っ込み、十五針を縫う大怪我をする羽目となった。雙葉はじまって以来のお転婆《てんば》娘だったのかも知れない。

今も、中学一～二年の教育の難しさが報道されているが、当時の私もその一人だった。制服のまま卓球場に出入りして補導されたり、キセルまがいのことをして駅員に見つかり、「雙葉の生徒ともあろうものが」と説諭されたこともあった。

その頃、私たちに渡される通知簿には、成績の他に「操行」の点がついていて、平素の行いが優良佳の順でつけられるのだったが、私の中一・中二のそれは「佳」、つまり一番悪いものだった。

そんな私を案じた母は、中二の夏だったと思うが、校長のシスターに暑中見舞を出すように促し、私は渋々それに従った。ところが数日後、その形ばかりの葉書に対して、校長直筆の返信が届き、しかもそこには、「和子さん、良い夏休みを過ごして、早く学校へ戻っていらっしゃい」というようなことが書かれていたのである。

少人数の学校だったから、私の悪事の数々が、校長の耳に入っていなかったはずはない。私は感激し、改心した。〝どうでもいい私〟から〝どうでもよくない私〟に変わったのである。名前で呼ばれ、受け入れられた私は、学業でも操行でも努力するようになり、数年後答辞を読んで卒業する生徒に変わったのだった。

一枚の葉書はかくて、一人のワルを改心させる力となった。その葉書にこめられた愛は、さらに、その後自《みずか》らもシスターになり、教職についた私をして、学生一人ひとりを名前で呼び、学生からの手紙に、どれほど忙しくても返事を書く人間にしてくれたのだった。

その恩師が、今から三十年ほど前のある朝、授業に行こうとして倒れた。見舞いのため病室を訪れた私が見たのは、ベッドの傍《かたわ》らに出席簿を開いて置き、ロザリオ（念珠）を不自由な指でつまぐっている姿であった。「どうして出席簿を病院に」といぶかる私に、そのシスターはいった。

「今は、私がこの生徒たちを教えるはずの時間なの。だから、一人ずつのため、名前を呼んで祈っているのよ」

ダメな生徒からの一枚の葉書もおろそかにせず返事を書いてくれた人は、この日また私に、教師の生徒を思う愛を教えてくれたのである。

進学校として有名なある高校の教師が、こんなことを呟いていた。

「大学受験の時期になると、廊下で生徒とすれ違う時、名前よりも、まず偏差値が心に浮かんでしまう」

にんげんはねぇ

人から点数を
つけられるために
この世に生まれて
きたのではないんだよ
にんげんがさき
点数は後

（相田みつを）

現今の教育現場の荒廃は目に余るものがあり、その一因は、人間より、点数を優先させていることにある。教育課程を再編成しても、「生きる力」「心の教育」といくら掛声をかけても、それはそのまま現状の改善にはつながらない。人の心を変えるのは、人間を点数よりも大切にする愛の心でしかない。

生徒たちは、自分をありのままで受け入れてくれる大人を求めている。一人ひとりを名前で呼び、自分たちが書く書きなぐりの〝葉書〟にも、誠実に返事を書いてくれる教師を求めているのだ。

岐路に立つ親と教師

私は、今まで三十余年にわたって教壇に立つことを許されてきたが、近頃になって「良い時に教師をさせてもらった」と、しみじみ思うようになった。今、仮に自分が二十代、三十代であったとしたら、果たして今から教壇に立つ自信があるだろうかと自問してしまうのだ。それほどに、今の学校教育は難しくなっている。

かつて私が育っていた頃は、「三尺下がって師の影を踏まず」というほどに、学ぶ者の教える人への尊敬があった。私の母などは、「先生のおっしゃることを、ちゃんと聞いて帰れば、それで十分」とだけいって、いっさい勉強のことに口出しをしなかったものである。その頃の教師には尊敬されるだけの権威があり、親には謙虚さがあったのかも知れない。

それが今はどうだろう。親は教師を「あたり」「はずれ」と、子どもたちの前で査定して憚《はばか》らず、「三尺下がって」は、「師のハゲを笑う」とパロディ化されてしまっている世の中である。影を踏まれるか、ハゲを笑われるかはともかく、教師たる者、生徒の「三尺先き」を歩いていることが大切なのだ。そして親はまず、自分自身が子どもたちにとって「はずれ」でないかを自問してみないといけない。なぜなら、教師の「はずれ」は、せいぜい一～二年で終わるが、親の場合は一生なのだから。

教師と教員

教壇に立つ者が所持しているのは、たしかに教員免許状である。言葉にこだわるようだが「員」という「数、人数」を表す語と、「師」という指導者を表す語には違いがある。ある人が「最近は、教員がやたら増えて、教師が減った」と嘆いていたが、実はこのことは、教育界の一大事なのである。

「私が先生になったとき」という詩がある。一説に宮沢賢治の作といわれ、他方、それを否定する説もあって、真偽のほどは定かでないが、教員でない、教師のあるべき姿を語っている。

私が先生になったとき
自分が真実から目をそむけて
子どもたちに　本当のことが語れるのか
私が先生になったとき
自分が未来から目をそむけて
子どもたちに　明日のことが語れるのか
私が先生になったとき
自分が理想を持たないで
子どもたちに　いったいどんな夢が語れるのか
私が先生になったとき

自分に誇りを持たないで
子どもたちに　胸を張れと言えるのか

私が先生になったとき
自分がスクラムの外にいて
子どもたちに　仲良くしろと言えるのか

私が先生になったとき
ひとり手を汚さず自分の腕を組んで
子どもたちに　ガンバレ、ガンバレと言えるのか

私が先生になったとき
自分の闘いから目をそむけて
子どもたちに　勇気を出せと言えるのか

この詩がいおうとしていることは、教師が自ら行っていないこと、または行おうと努力もしていないことを、子どもたちに求めることができようかということであり、反対からいえば、子どもの教育に当たる者は、まず、自分自らの生き方を正してかかれという厳しさである。

人は誰も、自分が持っていないものを、他人に与えることはできない。師の影を踏む踏まないにかかわらず、教師は子どもたちの三尺先きを常に歩んでいなければならないのだ。それがプロとしての教師に求められる当然のことであって、自分の生活のためにただ漫然と勤めるサラリーマン教員ではなく、教科においても、人格においても、自分の教育に対して責任を感じ、教育への情熱を持ち、自らも生活の基本的ルール、習慣を身につける闘いを辞さない教師でなければ、教育はできてゆかない。

「雀の学校」の歌にあるように、「ムチを振るう」必要はさらさらないが、「めだかの学校」の歌のような「誰が生徒か先生か」わからないようなところに、教育は成立しない。

育児と育自

親もまた、姿勢を正して生きてほしい。なぜなら、育児は、親の育自のないところには正常に機能しないからである。今や、各種の便利な物が出回って、母親の自由時間を多くしている。女性の自立が叫ばれ、家を外にして働く母親も増えてきた。そのこと自体は決して悪いことではないが、お金を子どもへの愛情に優先してほしくない。お金で愛情が買えると思わないでほしい。時間を自分の成長のために使ってほしい。

『ママ、もっと笑って』という子どもの詩集がある。青い窓の会が出していて、『お父さんはとうめい人間――お父さん、こっち向いて』と、対をなすような本であるが、その中に、こんな詩がのっている。

お母さんの作っている夕はんのにおい。
「トン、トン、トン。」
お母さんの作っているごちそうの音。

でも、それは一昔前。
今は台所に電気なんてついてない。
あまいにおいなんて忘れてしまった。
もちろん、ごちそうを作る音なんて
聞こえはしない。

お母さんは理容師。
夜遅くまで仕事をしている。
前までは、お母さんが作った料理を
食べていたけど、今は出前。
お母さんが私からはなれて行く。
お母さんが私から遠ざかっていく。

福島県の小学六年生の詩であるが、「お母さんがはなれ、遠ざかっていく」ということは、取りも直さず、子どもが母親からはなれ、遠ざかっていることでもあるのだ。母親には、働かなければならない正当な理由があるにせよ、子どもが母親不在の家庭に淋しい思いを抱き、母親の手料理をなつかしんでいることも、また事実である。そしてその淋しさは、どこかで、何かで、または誰かによって充《み》たされ、または紛らわされねばならないのだ。

ありのままの自分がそのまま受け入れられるべき家庭がその機能を失った時、淋しい思いを抱いた子どもたちが、自分の存在を誇示するために暴走族に加わり、暴力を振るい、盛り場に出入りするようになっても不思議でないのかも知れない。唯一のぬくもりを異性とのセックスに求め、現実から一時的にせよ逃避できる時間をシンナーや麻薬に求めているとも考えられる。

王さまのごめいれい

小学校六年生の女子が、こんな詩をつくっている。

「王さまのごめいれい」
といってバケツの中へ手を入れる
「王さまって　だれ」
「私の心のこと」

寒い冬のことだろう。雑巾を冷たい水の中でゆすぐ時のことかも知れない。「いやだなあ」という素直な気持ちと、「王さまのごめいれいに従わなくては」という気持ちとの間の葛藤がユーモラスに描かれている。この女の子は、とうとう「王さまのごめいれい」の方に従って、バケツに手を入れたのだ。

子どもたちの中には、こんなにすばらしい「心」があることを忘れたくない。それを、「冷たいのにかわいそう」とか、「私もしたくないから、生徒もいやがるだろう」という〝同情〟に終わってしまって、子どもの中にある、このすばらしい力を伸ばすことを忘れてしまってはいないだろうか。子どもたちを大切にするということは、その力を見くびることでは決してないのである。子どもたちの中にある「良心」、神の声に聴き従う意志の力を認め、伸ばしてゆくことなのだ。

神の似姿として創られた人間一人ひとりの中には、生まれながらにして、真なるもの、善、美、聖なるものへの傾きと憧れがある。学校は、単なる知識の詰め込み、進学のための通過点として存在するのではいけないのであって、教師の生きる姿を通して、子どもたちもまた「王さまのごめいれい」に従うことが、いかに大切なことかを学び、自分と闘って、従った後の喜びと満足感を味わう人格形成の場でなければならない。家庭もまたそうである。

オランダの教育学者ラゲンフェルドが、人間は「教育され得る動物」といった。スイスの動物学者ポルトマンは、人間はその脳の重さのゆえに、一人残らず「生理的早産」の状態で生まれ、他の高等哺乳動物と異なって一人立ちするまでに長い時間がかかり、保護を必要とすると説いている。

この可塑性《かそせい》と無力性のゆえに、幼い時の親子関係、また長じてからの教師等との交わりが、子どもに大きい影響を与え、誰に、どのように育てられたかによって、幅広い個人差を生じるのである。かくて、教育における親、教師の存在が極めて重要になるのだ。

何かおかしくないか

過日の朝日新聞は、愛媛県の中学二年生の女子生徒が、言葉によるいじめを苦にして自殺した件で、その学校が全校集会を開いたと報じた。その席上、いじめが同級の男子生徒のいやがらせによるものであったことを認めた学校側が、「今回の不幸を引き起こした一番の責任は先生にある。本当にすみませんでした」と謝罪したと書いている。教頭は、集まった生徒たちに、「深々と頭を下げた」のだそうだ。

もしも、この新聞報道が事実をありのまま伝えているとしたら、どこかおかしくないだろうか。たしかに、いじめが行われていることに気づかなかった責任は教師にもある。しかし「不幸な出来事の一番の責任」は教師にあったといえるだろうか。いじめた子ども、その親以上に教師にあったのだろうか。私には、わからない。

ある小学校では、生徒が教師の非を鳴らして授業をボイコットしたと聞く。その時も、校長が謝って、ようやく学校は正常に戻ったそうである。「児童の権利」

を守ることは大切である。しかし、権利には〝義務〟が必然的に伴うことも教えねばならないのだ。このような環境の中で育っている子どもたちは、将来どうなるのだろう。冒頭に私が「これからの教育（そして世の中）は難しい」と書いた所以《ゆえん》である。

教育に求められるもの

自動化、機械化、合理化の止めどもない流れの中に子どもたちは置かれている。インターネットは無機質な人間関係を可能にし、バーチャル・リアリティに馴れた子どもたちの中からは徐々に現実感覚が失われ、どこまで殴れば相手が死んでしまうかが想像できないような子どもたちが育っている。

時に、異星人のような子どもたち。しかし、その子どもたちの心は昔と同じく、愛されること、認められること、理解されることを求めているのだ。

その〝温かさ、ぬくもり〟を、ファミコンも、ロボットも与えることはできない。与えることができるのは、人間以外の何ものでもないのだ。

人は自分の持っていないものを、他に与えることはできない。親も教師も今、岐路に立っている。安易な道を選ぶか、自分との闘いを強いられる道を選ぶかの岐路である。

環境

「父親があんな殺され方をしているから、あなたには冷たいところがある。あなたとは仕事ができません」

三十六歳で大学の学長に任命されたばかりの私に、一人の年輩の男性教授はこういって、辞表を叩きつけて大学をお去りになりました。そのこと自体は、誤解に基づくことだったのですが、そういわれて、とても悲しかったのを覚えています。その老教授も、今は、お亡くなりになりました。

学長になって最初の人事のトラブルだったこともありますが、「父が非業の死を遂げたから」といわれたことが、私にはこたえました。父は、そんなことを他人にいわせるために、娘の眼前で血に染まって死んだわけではないのです。たしかに私は、決していわゆる、温かい人間ではありません。でも、それを父の死のせい、私の育った環境のせいにされたことが口惜しかったのです。

環境はたしかに人に大きい影響を及ぼします。「朱に交われば赤くなる」という諺《ことわざ》が事実であることも体験で知りました。「孟母三遷」といって、息子のため、墓場の近くから市場の近くへ、さらにそこから学校の近くに住居を移した、孟子の母親の、環境への心くばりも知っています。

でも、人間は決して一〇〇パーセント、環境の産物ではないのです。人間の中には、環境に影響されながらも、環境を乗り越える力があることも、たしかなのです。

「あの子は家庭が複雑だから」「両親が離婚しているのだって」といった話が、非行を働いた子どもたちを〝理解〟するために囁かれます。震災、地下鉄サリン事件等による心理的後遺症について、多くのことがいわれ、手当ての必要性が叫ばれています。たしかに、そういう経験、または環境が子どもたちに与える影響を無視することはできません。しかしながら、その傷と傷跡を持ちながら、なおかつ真直《まっすぐ》に生きようとする子どもの中の深い思い、過去の経験と自分をとり巻く環境の産物になるまいとする、子どもたちの必死の闘いを忘れたくないと思うのです。環境の主人となることのできる力を見くびってはいけないのです。

寛　容

私はかつて、提出日を守らなかった一人の学生のレポートを受け取らなかったことがあります。その学生は、ひとしきり言い訳をいった後で、「シスターはクリスチャンのくせに、一頭の迷える羊を救おうとはなさらないのですか」というのでした。

一瞬たじろいだ私は、「いいえ、迷える羊を見捨てはしませんよ。やがて社会に出てゆくあなたに、甘えが通用しない厳しさがあることを、今のうちに習ってほしいからこその処置なのです」と答えたものでした。

その学生はその後卒業し、結婚したといっては手紙をくれ、子供が生まれたといっては知らせてくれています。果たしてあの時に、「ああ、いいですよ」といってレポートを安易に受け取っていたとしたら、今日の、この人と私との温かい心の通い合いができていただろうかと思うことがあります。

寛容というのは、「寛大で、よく人を許し、受け入れ、咎《とが》めだてをしないこと」と定義されていますが、それは決して「大目に見てやる」といった「甘やかし」と同じではないと思うのです。相手を許し、受け入れるに当たっては、真の思いやり、愛が、一見厳しく思えることさえあるのです。

私は、真の「寛容」ということを、一人のアメリカ人のもとで仕事をしていた二十代の七年の間に、しっかり身をもって教えてもらいました。こと、仕事に関しては「寛容」のかけらもない厳しさ、「ただの一セントの計算違いであったとしても、正確でないという点では、一万ドルの計算違いと変わりない」という論理を持ったその人のもとでは、僅《わず》かの間違いも許されませんでした。

でも、温かかったのです。その人は人間そのものに対して、いつもその弱さを包み込み、許す愛と広い心の持ち主でした。「迷える羊」に対する愛とはどういうものかを教えてくれた人でした。

わがまま

「クラスで一人ぼっちの子が年々ふえているのですよ」。公立中学校で教えている卒業生が話してくれました。自分から積極的に友人をつくろうともしないし、友だちがいないことを苦にもしていない様子だというのです。今の世の中、結構一人で楽しめるゲームもあることだし、塾の生活もあるので、さして不自由を感じないのだろうということでした。

「結局は、わがままなのです」と言い切る教職経験豊かな卒業生の顔を見ながら、私たちが日常使う〝わがまま〟という言葉の意味も、時代と共に少しずつ変わってきているのだろうかと考えさせられました。

かつて〝わがまま〟といえば、「他人の立場を考えないで自分のしたいようにする」「好き勝手なことをする」という意味合いが強かったと思うのですが、今は同じ「好き勝手をする」にしても、そこに、他人の存在が稀薄になりつつあるように思えてなりません。

他人との人間関係に無頓着で、自分の世界の中に閉じこもっているわがまま、苦労してまで他人と心を通わせようとしない、新しい種類のわがままが生まれ、蔓延《まんえん》しつつあるようです。

かつては、他人の存在、意志とぶつかるわがままだったのが、今は、他人に無関心で、ひたすら自分の世界の中で、思うように生きようとするわがままといってもいいのかも知れません。周囲に人がいようといまいと、平気で携帯電話でのおしゃべりに没頭している人たち、電車の座席に坐るや否や、バッグから鏡を取り出して化粧をし始める女性たちにとって、自分以外に人は存在していないかのようです。

他人に迷惑をかけ、その都合に逆らってでも我意を通すわがままも困ったものですが、他人の存在を無視して自分のしたいことをする〝わがまま〟に無気味さを覚えるのは私だけでしょうか。

励まし

一人の卒業生の話です。大学二年の時、勉強を怠けてテストで悪い点を取ってしまい、再試験の手続きのために教務課の窓口に来ていた時のことでした。たまたまそこに来合わせた私が、「あなたは、こんな手続きをする人ではないはずでしょう」と、その人にいったというのです。

「叱られるよりも身にこたえました。その時から、シスターの信頼に応《こた》えようと決心したのです」と、その卒業生は話してくれました。

励ましというのは、このように、必ずしも「がんばりなさい。しっかりしなさい」という言葉からのみ得られるものではなくて、「私はあなたを信じている」という信頼からも生まれるものなのだと、私は、自分では全く記憶にない一つの話から教えられました。

そういえば、私にも似た経験があったのです。今でいう中学二年生の頃、ミッション・スクールの厳しい規則に反撥して、私は一、二度、補導を受けるようなことをしでかしていました。ところが、そんな〝要注意〟の私のことを、「和子さんは磨けば光る石だ」と一人の教師がいっていたと、人伝《ひとづ》てに耳にしたのです。それまで注意される度に反抗していた私の心を、この言葉が立ち直らせ、素直にしてくれました。

おだてるでもなく、無責任に「大丈夫」というでもない、そこには、一人の人間を見守る温かいまなざしと、可能性への信頼がありました。

イエス様が、病気の人々を癒しておやりになった時がそうでした。十二年も出血病を患っていた女が奇跡的に癒された時の言葉。

「あなたの信仰があなたを救ったのだ。安心して行きなさい」

それは、相手の中にすでにある力に気づかせ、相手を信頼していることを告げる励まし以外の何ものでもなかったのです。

子どもの時代

「子どもは黙っていろ」。末っ子の私は幼い時、二人の兄たちからこういわれては、口惜しく思ったものでした。しかし、このような言葉が、私に子どもの分際というもの、大人と子どもの間に横たわるへだたりというものを、知らず知らずのうちに教えてくれていたのです。

今の子どもたちは、本当の子どもらしい時代を過ごすことなく、一足飛びに大人扱いされていることが多いようです。少子化のため、幼い時から大人に取り囲まれて生活する時間が長く、子どもたちだけで遊ぶ時間が短くなっています。幼稚園児が腕時計をはめ、小学校の低学年でカメラを持っていることも珍しくありません。家には多分、子ども用のパソコンもあるのでしょう。

かつては、時計、カメラ、自転車等は、ある程度〝大きくなってから〟のみ、持つことを許されるものでした。私の母は、決してお金を惜しむ人ではありませんでしたが、同時に、子どもに分不相応なものを買い与えない人でもありました。そのような親に育てられて、私たちは待つことの大切さ、待った後に手に入れた喜び、そして、大人と子どもの違いというものを、いつしか習ったように思うのです。私たちには、〝大人になったら〟という夢と希望がありました。

幼い時から大人扱いされ、大人と同じ物をいとも簡単に与えられている子どもたちの中には、自分たちがひとかどの大人であるかのような思い違いをして育ってしまうがゆえに、年齢的には大人になっていても、人間的に、驚くような〝幼さ〟を残していることがあります。

年齢にふさわしい成熟度に達していないこれらの人々は、多分、子どもとしての充実した時間を送ることなく、年だけ重ねてきたがゆえの〝未熟さ〟を残しているのでしょう。「子どもの時代」を、子どもらしく過ごすことの大切さに気づかされます。

したい性と主体性

「〝今、何がしたいか〟と同時に、〝今、何をしなければならないか〟を、併せて考えられる人になることが大切だ」という言葉に出合って、なるほどと思いました。そしてさらに、その両者が競合する時には、〝しなければならないこと〟を優先して行える判断力と意志の力があったら、もっとすばらしいと思いました。〝してはいけないこと〟に対しても同じです。〝したくても、しない〟意志の力です。

私は若い時、アメリカ人を上司とする職場に七年ほど働いていました。そこで仕事の厳しさと同時に、人間の生き方についても教えられたように思います。私には、財務、教務、渉外、秘書業務といった複数の仕事が与えられ、しかもそれらを時間内に果たすことが求められました。つい、やり易い仕事、自分の好きな仕事からしようとしている私に、上司は、“first things first”（やらなければいけない仕事から、まず片付けてゆきなさい）と注意してくれるのでした。

そしてその結果、したいことよりも、しなければならないことを先にする習慣がいつしか身について、今日までの私の人生をずい分助けてくれたように思います。他にしたいことがあっても、まず約束した原稿を書くこと（今も、そうしています！）、朝、もう少し寝ていたくても、目覚まし時計の音と共に起きること、または、いいたくても、いってはいけない言葉を我慢すること等、時間的なプライオリティ（優先順位）だけでなく、私の生活の随所にブレーキをかけ、自制を可能にしてくれたことが、今日の私をつくってくれました。

今、子どもたちの主体性を重んじる教育ということがよくいわれていますが、現実には、「したい性」が伸び放題になってはいないでしょうか。子どもたちが真に自由になるためには、したいことを我慢し、または自分に「待った」をかけて、しなければならないことを先にする“もう一人の自分”を育ててゆくことが大切なのです。

人間は善しか選びません。いや、そんなことはない。現に殺人、強盗、万引き等が横行しているではないかとおっしゃるかも知れません。しかし、サラ金に日夜追われている人には、手段はどうあれ、お金を手に入れることが〝善〟と映り、産んではならない子を産んでしまった人には、自分が〝自由になる〟ために、子どもを闇に葬ることが〝善〟と、その場では考えられてしまうのです。

かくて、教育の重要な役割は、知識の詰め込みではなくて、子どもたちに、一時的、衝動的善、つまり自分の欲望を抑えてでも、彼らを将来的に幸せにし、自由に導く真の善が選べる人間になるように育ててゆくことにあります。

人間はとかく、追いつめられると、目先の善に走りがちです。だから私たちは常日頃、心にゆとりを持ち、物事に優先順位をつけながら生きてゆく判断と意志の訓練をすることが大切なのです。

私たち大人がまず、自分の「したい性」を抑えて、主体性を身につけてゆかないといけないのでしょう。人は、自分が持っていないものを他人に与えることはできないからです。

責任感

幼児教育の一つに、モンテッソーリ教育法というのがあります。これは、今から百年程前に生まれた、イタリアの女医マリア・モンテッソーリが考案したものですが、私がすばらしいと思うのは、この教育法では、まだ三歳位の幼い子どもに、保育を通して責任感というものを教えている点です。

子どもたちは朝登園してくると、保育室に行って、そこに整然と置かれているさまざまな教具の中から、その朝、自分が使おうと思うものを、自分で選びます。これは「自由選択」と呼ばれますが、この教育では一斉保育よりも、個人作業が主流をなし、また、年齢別よりも、縦割り保育が旨とされているのです。

私が、かつて任せられていた大学の附属幼稚園でも、この教育法を取り入れていましたが、子どもたちが教具を前にして、「今日はどれを使おうか」と考えている姿、その末に決断する姿を見て、ほほえましく思ったものでした。

いったん自分が使おうと選んだ教具は、大切に扱うこと、その教具の目的に沿って使われること、最後までやり遂げること、そして、以前置かれていた場所に、置かれていたように戻すことが、子どもたち一人ひとりに求められます。

これは、選んだ自由には、選んだものへの責任と同時に、選ばなかったもの、捨てたものへの責任があることを教え、かくて子どもたちは、自由とは、勝手気ままにすることではなくて選ぶこと、自由には責任がついてまわる〝厳しさ〟があるということに気づいてゆくのです。

教具を使っている子どもたちを見ながら、私はよく『星の王子さま』の中のキツネの言葉を思い出していました。

「めんどうみたあいてには、いつまでも責任があるんだ。人間っていうものは、このたいせつなことを忘れてるんだよ」

自分自身である悦び

最近、私たちは周囲の環境汚染、環境破壊に対して、以前よりも敏感になり、その浄化、保護に努力するようになった。良いことである。

しかし、物理的環境の浄化にのみ心を奪われて、子どもたちの心をむしばんでいるもう一つの環境の汚染、破壊が加速度的に進んでいることを忘れてはなるまい。人の心に宿る憎しみ、嫉《そね》み、欲望が、不正、不倫、虚偽、欺瞞《ぎまん》等を生んで、子どもたちが吸う空気を汚している。極く少量のダイオキシンでも測定し、その浄化に対処し得る文明の世にあっても、心の汚染度は機械で測り得ず、浄化し得ない。心の浄化は、一人ひとりの心の浄化を待つしかないのだ。

ドイツの作家ミヒャエル・エンデは、その著作を通し、外的な環境破壊によって、人間の内的世界が破壊されてきたこと、今や目を、人間の外部よりも、内面の世界に向ける必要があることを訴えた人であった。

その代表作『モモ』は、産業社会の中で時間の奴隷となり、金もうけしか考えなくなった人間たちに、人間本来の優しさと心のゆとりを取り戻してやった少女の冒険物語である。

その数年後に書かれた『はてしない物語』の中でエンデは、一面に拡がる〝虚無〟によって危機にさらされたファンタージエンという国が、一人の少年によって救われるという冒険物語を展開している。

日本の社会にも今、無気力、無感動、無責任、無関心といった一連の〝虚無〟が拡がり、人の心をむしばんでいる。物質的には恵まれながら、心が充たされていない子どもたちは、その空虚を束の間の快楽で充たし、暴力を振るうことで自分の存在感を確かめようとしていて、その結果は、教育現場の荒廃、家庭の崩壊となって現れている。

『はてしない物語』の主人公バスチアンは、勉強の得意でない、背の低い、太った十歳位の男の子であった。その日、学校をさぼり、本屋から失敬してきた一冊の本を読みふけっているうちに、ファンタジーの世界へ引き込まれてゆく。物語はSF風に展開し、一つのおまもりを与えられたバスチアンは、そのおまもりによって自分の年来の願い事を次々にかなえられてゆく。醜い容姿は眉目秀麗《びもくしゅうれい》の貴公子に変えられ、臆病だった少年は勇者に変身し、知恵者、富者、権力者となることもできた。しかし、一つの願い事がかなうごとに、バスチアンからは人間界の記憶が一つずつ奪われてゆく。最後の記憶が奪われる時、彼は二度と人間界に戻ることはできなくなるのであった。

最後の願い事こそは、真の意志でなければならなかった。そしてバスチアンは悟る。本当に望んでいたのは「偉大なもの、強いもの、賢いものになる」ことではなくて、「ありのままの自分で愛されたい」ことであったと。善悪、美醜、賢愚にかかわりなく、自分の欠点をも全部ひっくるめて、いやむしろ、それら欠点ゆえに愛されたいという願いであった。

このことに気づいた後、「変わる家」に辿りついたバスチアンは変わる。そこで彼は、今までの数々の願い事と全く異なる〝愛したい〟という望みを持つようになり、それを望むことで人間界へ戻ることができたのだった。

戻った彼は、以前の彼ではなかった。彼は今や、自分自身である悦びを味わい、生きる悦びを味わっていた。そして理解するのだ。「世の中には悦びの形は何千何万とあるけれども、それらはみな、結局のところたった一つ、愛することができる悦びなのだ」と。「愛することと悦び、この二つは一つ、同じものなのだ」と。

日本の子どもたちに、自分自身である悦びを味わわせたいと思う。「生きる力」は、生きる悦びからしか得られない。そして生きる悦びは、自分自身である悦びなしに味わうことはできないのだ。

子どもたちは体中で、ありのままの自分を、欠点もひっくるめて、いやむしろ欠点ゆえに自分を愛してくれる環境を求めている。それは無条件の愛といってもいい。そのように愛された時、はじめて彼らは「変わる家」に到達して、〝愛したい〟という真の意志を見出すことだろう。

親鸞上人は、「善人なおもて往生す。いわんや悪人をや」と唱えて仏の慈悲を教えた。キリストもまた、「医者を必要とするのは健康な人ではなく、病人である。わたしは義《ただ》しい人を招くためではなく、罪人を招くために来た」といって、欠点をひっくるめて、いや欠点ゆえに人々が愛されていることを説いた。

私たちにこのような神仏の無条件の愛は不可能だとしても、今よりも一寸《ちよつと》でいいから、条件抜きで子どもたちを受け入れることはできるだろう。それは取りも直さず、子どもたちが、自分自身である悦びを味わい、生きる悦びを味わうことができる環境をつくることとなるのである。

キリスト教が日本に渡来して四百五十年になる。宣教師たちは当時、「愛」を「ごたいせつ」という言葉で日本人に語ったといわれている。それは、家柄、身分、性別、年齢等といっさいかかわりなく、人間はあるがままの姿で、すでに神に愛された者、ごたいせつな者として存在していることを端的に表す言葉であった。

虚無が無気味に拡がりつつある日本の社会において、子どもたちを取り巻く環境を破壊から守り、浄化する責任は私たち大人にある。そのためにはまず、私たちの一人ひとりが、心の中にある醜い思いを駆逐して子どもたちが吸う空気を浄めなければならない。さらに子どもたち一人ひとりが生きる悦びを味わえる環境づくりをすることが求められている。

その環境とは、愛することの悦びを知る環境である。そして、愛することができるために、人は、まず愛されていなければならないのだ。愛されて、つまり、〝ごたいせつ〟にされて、はじめて人は、自分の価値を知り、自信を持って生きてゆくことができるのである。

二十世紀の偉大な古生物学者であり神学者であったティヤール・ド・シャルダンはいった。

人生にはただ一つの義務しかない。
それは、愛することを学ぶことだ。
人生にはただ一つの幸せしかない。
それは、愛することを知ることだ。

バスチアンは、この大切な人間の真の意志、〝愛したい〟という望みに到達して、虚無の世界から人間界に戻ったのであった。

最近ユネスコが掲げた四つの教育目標の一つが〝learning to be〟「人間としてあることの学習」であったということを、教育にたずさわる者として心に留めたい。

さまざまな付加価値を人間に先立たせることなく、子どもたちに、まず人間としてあることを教え、愛する義務と、愛を知る悦びを味わわせたい。生きる悦び、自分自身である悦びなしに、「心の教育」は成り立たないのだ。

iii
愛を知る人のために

距離に耐える愛

ある日のこと、アメリカに単身赴任して間もない夫の写真を持って、一人の卒業生が訪ねてきた。写真には友人であろうか、数人の男女と談笑している、その人の夫の姿があった。

「よかったわね。現地にもお馴《な》れになったようで」という私の言葉に、その人は険《けわ》しい顔つきで答えたのだった。「私がいないのに、こんなに楽しそうにしているなんて、許せないんです」。親の反対を押し切って恋愛結婚をしてから、まだ一年にもならない妻の言葉には、淋しさというより怒りがこもっていた。

愛するということは、すばらしいことだと思う。しかし、本気で愛する時、そこには必ず苦しみが生じる。愛する者を持たない時の淋しさとは異なった、愛してしまったがゆえに味わう淋しさであり、苦しみである。

自分がいないというのに、愛する相手が楽しい時間を過ごしていることに腹立たしい思いがするという気持ちの中には、「私なしに幸せであってはならない」という独占欲と、なにがしかの嫉妬《しっと》もあるのだろう。

「私なしでも幸せそうでよかった」と思うことができるためには、相当の信頼と愛が必要であろうし、私は、そこに自立心を加えたいと思う。〝その人なしでも生きてゆける自分〟を、しっかり持っていることなのだ。そんなに強がらないでもすむ一生を送りたいものである。しかし、人間である限り、愛する相手を絶えず自分の手の届くところに置いておくなど不可能であると知らねばならない。

かくて、一人でいられるということは、愛するために必要な能力となる。「淋しさは、愛するためにある」（Loneliness is for loving.）という言葉は、矛盾のようで真実なのだ。

親の子に対する愛、夫婦、恋人、友人同士の愛においても、このような「覚悟」が必要なのではないだろうか。そのためにも、人間一人ひとりは別人格であり、相手は決して自分の所有物ではないという、一つの〝思い切り〟を持って生きることが大切になる。

「愛は解放する」（Love liberates.）という言葉を本の中に見出して戸惑った覚えがある。愛している時、相手を縛りつけておきたいと願い、自分も相手に縛られていたいと願うものだとばかり思っていた時期が私にもあった。

それが、成熟した愛とは、縛る愛から、解放する愛へと成長することであると気づき、自分で納得するのには、自分との闘いがあった。「信じる愛」こそは、愛を持続させるために必須なのだ。

愛にも成長がないといけない。それは、一体化を願い、相手の心の中、相手の世界を知り尽くしたい、という愛から、徐々に脱皮してゆくことである。相手に独自の世界を許し、別人格同士の間に必然的に生じる心理的、物理的距離を認め、それに耐え、その距離を信頼で埋めてゆく愛といってもいい。

孤独

卒業生の夫が自殺したことがありました。「夫が死んだこと自体も悲しい。しかし、妻である私になぜ心の中を打ち明けてくれなかったか、ということが、もっと悲しいのです」とその卒業生は話してくれました。

旧約聖書のヨブ記の中でヨブは、自分の家族、財産を失った後、こういっています。

「私は裸で母の胎を出た
裸でそこに帰ろう」（ヨブ記1・21）

「裸で」というのは、もちろん何も身に着けず、何も持たずにという意味でしょう。しかし私はこの述懐の中に、「人間の孤独」を感じてしまいます。「たったひとりで」という人間の本来的孤独といってもいいかも知れません。そして、その淋しさを感じ、深めてゆくことは、人間にとって大切なことだと私は思っています。

幼い時、母は「他人《ひと》さまを当てにしてはいけない。結局、皆自分が可愛いのだから」と、ことあるごとに私たち子どもにいいきかせて、生きていく上での厳しさを教えてくれました。このことが、その後の人生で味わうことになった孤独を受け入れ、孤独に耐えるために、大そう有り難かったと思っています。

かくて私は、他人に一〇〇パーセント理解してもらえるなど夢にも思わず、他人を一〇〇パーセント理解し、知り尽くせると思わなくなりました。これは淋しいことです。特に愛する相手を知り尽くしたいと思うのは人の常ですから。しかし同時に、人間は本質的に一人ひとり裸で生まれた別人格であるということを忘れず、その孤独に耐える時、人間は成長します。

私たちは、愛する者を持っていない淋しさも味わいますが、反対に、愛する者を持ってしまったがゆえに味わわねばならない淋しさ、孤独もあるのです。それに耐えるのも愛の一つの姿だと知りましょう。

「淋しさは愛するためにある」。私の好きな言葉の一つです。

なぜ人を殺してはいけないのか

私は、十二歳からカトリック校に通い始め、今でいう中・高・専門学校、新制大学、大学院と、計十八年、カトリック校に学んだけれども、今、思い出そうとしても、その間「宗教教育」というものを受けた記憶が鮮明でない。多分それは、私の学生時代の大部分が第二次世界大戦中と戦後の期間に過ごされたことに起因するのであろう。

教育の仕事にたずさわるようになってからも、三十五年間、その職場が四年制大学であったため、宗教学、キリスト教概論、聖書学等のカリキュラムを学生たちのために設けたことはあっても、自分で「宗教教育」に当たった経験を持っていない。強《し》いていえば、「人格論」という講義を三十五年にわたって受け持ってきて、その中で、「神の似姿」としての、ペルソナ的存在としての人間を語ってきたということであろうか。

宗教というものは、まず〝まともな人間〟があって、はじめてその〝まともな人間〟と神とのかかわりが正されていくのだろうと思う。オウム真理教の事件が、そのよい（悪い）例といえるかも知れない。

ところが今、日本の家庭、社会で、いわゆる「人の道」としての道徳が危殆《きたい》に瀕している。ここに宗教教育の難しさがある。

科学の発達は、かつて神の領域、不可侵とされた生死の分野に、人間が入り込み、生死を操作することを可能にして、神と人とのかかわりである宗教の地位を、昔と異なったものにしている。

このような状況の中で、カトリック校での宗教教育は、何を中心にしていったらよいのか、いかに行われたらよいのかは、今も、今後も大きな課題となることであろう。

一つの問い

あるカトリックの中学校でのこと、宗教の授業中に男子生徒の一人が、「なぜ、人を殺してはいけないのですか」と質問し、教師は一瞬言葉を失い、教室も静まり返ったという。一九九七年に神戸で起きた十四歳の少年による連続殺傷事件について話し合っていた時であった。命は尊いといいながら、私たちは、豚、牛、鶏、魚、植物の命を平気で奪っているではないか。なのになぜ、人を殺してはいけないのか、という疑問であった。「なぜだろう」という教師の問いかけに、ようやく一人の男子生徒が、「僕は、自分が殺されたくないから」と答えたという。果たしてこの答えが、「自分がしてほしいことを相手にしなさい」というキリストの言葉に基づいて、「自分がされたくないことを、他人にしないように」という意味合いを持っていたのか、または、単なる仕返しを恐れる心の表れとして挙げられたのかはわからない。また、教師が最終的に何と答えたのかも知らない。ただ、「自分が殺されたくないから」というのが、人を殺してはいけない主な理由であってはいけないと思うのだ。宗教教育というのは、人間の行為の根本に、何かしら人間以上の者の意志を考えさせるものでなければならないのではないか。

神戸のこの殺傷事件については、あるテレビ番組でも中学生たちをスタジオに集めての討論が行われたが、そこでも同じ問い、「なぜ人を殺してはいけないか」が取り上げられたのに対し、宗教的信念から回答を出した人は一人もいなかったという。

このことは、日本社会の中で「宗教」というものが私たちの日常生活の中に、しっかりとした根を下ろしていないことを示す一つの例といってもよいかも知れない。日本の家庭においても、学校においても、宗教がこのような人間の基本的な問いに対する答えを与えるものとして定着していないことを表すものである。

しかしながら、この問いかけ、「人はなぜ、人を殺してはいけないか」は、一九九七年の忌わしい事件を機に、私たち一人ひとりに突きつけられ、とにかく答えを見出さなければならない問題として浮上したのである。このところ、青少年による殺傷事件が急増している。しかもその動機が単に「キレる」というような衝動的なものが多い場合、この問いかけは、今後とも問い続けられ、答えを必要とする重要な問いになるであろう。

戦後の日本は、めざましい復興を遂げ、科学技術の面でも、経済の面でも、次々と提示された課題を克服してきたし、今後も克服し続けることだろう。共通テスト、センター試験、模擬試験は、いずれも「正解」のある問題から成っていた。かくて多くの日本人、特に若い世代は、正解のある問いに答えることには馴れていても、一〇〇パーセント正解のない問いを考えることにも、それに答えることにも不馴れになったのではないか。その必要のない教育を受けてきたのである。哲学的思考の欠如といってもよい。

「正解」とされてきたもの

従来のカトリックの宗教教育は、このような、正解がないかに思える問いに、「正解」をもって臨んできた。

「なぜ、人間だけが、他の動物と異なって尊いのか」、したがって殺されてはならないのか、という問いに対して、旧約聖書の創世記の第一章は、明確な答えを示している。

神は世のはじめ、天地万物を創造した後に、人間を創った。

「神は御自分にかたどって人を創造された。神にかたどって創造された。男と女に創造された。神は彼らを祝福していわれた。

産めよ、増えよ、地に満ちて地を従わせよ。海の魚、空の鳥、地の上を這う生き物をすべて支配せよ」（創世記1・27―28）

さらに、

「見よ、全地に生える、種を持つ草と種を持つ実をつける木を、すべてあなたたちに与えよう。それがあなたたちの食べ物となる。地の獣、空の鳥、地を這うものなど、すべて命あるものには、あらゆる青草を食べさせよう」（創世記1・29―30）

神の似姿として特別に創られた人間には、かくて、他のすべての被造物を支配する権利が与えられ、この神からの〝お墨付き〟が、人間の他の生物に対する優位性の根拠となり、生殺与奪の権が与えられたとするのであった。ただし、人間同士に関することは、神の範疇《はんちゅう》に属するのであった。

天主の十戒と呼ばれるものが、神からモーゼに与えられていて、そこには人間の守るべき事柄が定められている。そこには、人間の神に対する務めに続いて、「父母を敬いなさい」「盗んではいけない」「だましてはいけない」「姦淫してはいけない」等の掟《おきて》と共に、はっきり、「殺してはいけない」と記されている。前述の創世記とも考え合わせて、この掟は、「人が人を殺してはいけない」という人間同士間のものと理解されるべきであろう。

ところで、ここ数十年の間のめざましい科学技術の発達は、私たちの生活様式を変化させただけでなく、私たちの価値観、倫理観をも大きく揺さぶるものであった。このことは、カトリックの宗教教育が、「正解」として提示してきたものを、従来のままの内容と方法で提示できなくならしめている。

家庭の教育的役割の弱体化

かつて、「なぜ人を殺してはいけないのか」という問いは、道徳、宗教の分野で、「なぜ」と問われるまでもなく、人間として当然「してはならないこと」の一つであった。嘘をついたり、姦淫したり、人をだましたり、盗んだりすることと同じく、「悪いこと」だったのである。

ところが今や、不倫を一つの流行であるかのように扱う小説、映画が人気を博し、代議士も高級官僚も、己れの財をふやし、地位を築くために不正を行い、見つかるまでは嘘をつき通して恥じるところがない。自分の会社、銀行の金を〝万引き〟して、豪勢な生活をしている大人たちが、毎日のように報道されている。

このように倫理観の乱れた世にあっても、家庭がしっかりした教育機能を保って、子どもたちの中に、確固たる内的規範を植えつけることができれば、それに基づく宗教教育ができるのであろうが、今や家庭は、その機能を放棄しているかのようである。

山本七平がかつて、ある随想の中で、「もし幼児のうちに、確固たる内的規範を植えつけておかなければ、社会は無規範社会になってしまうだろう」と警告している。

現在の刑法には「殺してはいけない」と書かれていない。つまり刑法というのは、人が行為を起こした後に処罰する外的規範であって、行為を起こす前に人に向かって「待て」というものではない。この、「待て」ということができるのは、人間の内的規範でしかなく、その基礎をつくるのは、本来家庭の任務であった。ところが今や、日本の家庭の多くは、この任務を果たしていず、そのような任務があることにすら気づいていない。

旧約聖書の中のシラ書に次のような部分がある。

「主を畏《おそ》れることは、知恵の初めである。
知恵は、主を信じる人たちに
母の胎内にいる時から与えられている。
知恵は、人々の間に揺るぎない基を据え、
人々は幾世代にもわたって、それに信頼を置く」(シラ書1・14―15)
ちなみに、この中で使われている〝知恵〟(ハカミーム)は、非常に幅の広い言葉で、神への信仰から、礼儀、しつけ、身だしなみにも及ぶ語だという。知恵は、「母の胎内」、つまり、生まれる前から一人ひとりに与えられていて、家庭において内的規範として身につけてゆくべきものなのである。その規範を育ててゆくためには、いわゆる家庭での「宗教教育」が与《あず》かって大きな力を持っていた。
他人の庭から花を一輪手折《たお》ってきても、嘘をついても、仏壇の前に坐らされ、訓《さと》され、謝らせられたものである。「お天道《てんとう》さまが見ていらっしゃる」「正直者の頭《こうべ》に神宿る」といった諺《ことわざ》もまた、家庭における宗教教育の立派な中身であった。仏壇の花の水を替えること、初物を供えること、神棚の下で柏手を打つこと、神社の前を通る時は頭を下げること、これらのことは、知らず知らずの間に、人間よりも大きな存在があることを子どもの心に植えつけ、また理屈ぬきで、人間として、して良いことと悪いことを教えることによって、内的規範を育て、行動を起こす前の、「待て」という声を培《つちか》ったのであった。

今、親自身にこの内的規範が育っていないことも、家庭の教育的機能を低下させているが、たとえ育っていたとしても、〝物分かりのよい大人〟であろうとして、教師も親も、子どもたちの前に立ちはだかる壁になろうとしていない。子どもたちは、世の中には、自分たちと異なる価値観が存在し、それらをも尊敬しなければならないことを教えられないといけないのだ。

戦後、「羹《あつもの》にこりて膾《なます》を吹く」という諺に似て、規範というものにアレルギーを持つ日本の社会は、無制限に価値の多様化を許し、無規範の社会になっているかのようである。かくて、「なぜ人を殺してはいけないのか」という、かつては答えを必要としなかった問いにも、きちんと向かい合って答えねばならなくなってしまったのだ。

恥の文化の衰退

日本古来の宗教が、「なぜ人を殺してはいけないか」に対する明確な答えを持っていなかったとしても、日本には、それに取って代わるブレーキとしての〝世間体〟というものがあった。つまり、人を殺すようなことをした場合、それは一家親族の恥であり、世間の手前、してはならないことという暗黙の了解があったのである。

ルース・ベネディクトが一九四六年に出した『菊と刀』という、日本社会を分析した本の中で、ベネディクトは日本文化を欧米の「罪の文化」と対比して「恥の文化」と呼んでいる。絶対神を持たない日本人には、罪の意識は稀薄で、日本人の行動はとかく、「ひとまえを考え」「ひとぎきの悪いことを避け」「ひとさまにどう思われるか」、つまり、恥の観念に左右されているというのである。

同様のことを一九七二年に司馬遼太郎とドナルド・キーンが『日本人と日本文化』と題した対談集の中で、「日本人のモラル――恥ということ」に述べている。日本人は「カッコいい、カッコ悪い」という、他人の目にいかに自分が映るかということを大そう気にする。そして他人の目に醜い（見難《にく》い）こと、みっともない（見たくもない）ことはしたくないという一種の美意識が働いて、その行動が律せられ、先進国の中でも比較的に犯罪が少ないというのだ。

しかしながら、この対談から三十年近く経った今、日本人の心からは徐々にこのような「恥」の感覚が失われ、「世間体」も、血縁、地縁に取って代わった社縁で結ばれる日本社会の中で、軽んじられるようになっている。

かくて「恥も外聞もなく」、自分のしたいように行動する人たちが増え、しかもその人たちに、罪の意識が稀薄であるとしたら、前述の山本がいうように、日本社会は無規範の社会となるであろうし、現に、すでにその観を呈している。

ドストエフスキーは、『罪と罰』の主人公、ラスコーリニコフに、「神がいなければ、すべてが許される」といわせているが、神も、世間体も、内的規範も力を持たない社会での宗教教育は極めて難しくなっている。

生命科学の発達

「なぜ、人を殺してはいけないのですか」という問いには、暗に、私たちは平気で牛や豚、鶏を殺し、蝶や蟻も殺しているではないか。野菜も食べているのに、なぜ「人だけは」殺していけないのか、という問いかけが含まれていると前にも書いた。

そうせずには人は生きていけないからなのだが、その必要性は必ずしも、だから人を殺してはいけないという答えにはならないだろう。必要ならば殺してもいいということになりかねない。

人間は能力が高いから尊いのだという答えも考えられるが、それでは能力の低い人間はどうなのかと問われると答えに窮するであろう。

最近の分子生物学の発達は、人間の尊厳性に大きな動揺をもたらした。それは、生命の基本的メカニズムを明らかにし、分子レベルの構造において、人間も他の生物も、その基本において同じ二重らせん構造と、旋回方向を持つＤＮＡであることを証明した。このことは、人間だけが「別格」であることを、生物学上でくつがえしたことになる。

生命科学の発達は、体外受精、試験管ベビーの出生を可能にし、医療の進歩は臓器移植、人工延命もある程度可能にしている。遺伝子の組み換え、クローン生殖等、私たちは今や、かつて神の領域として不可侵とされた分野に人間の操作を可能にしたのである。

このような人間の業績は、一方でその尊厳を証明するものでもあるが、他方、人間の生命への畏敬の念を著しく侵害するものでもある。生命を神による創造、したがって「たまもの」「授かりもの」と見る心は薄れ、子どもは、夫婦が欲しいだけ、欲しい時に「つくる」ことが可能となったのである。研究室でもつくられるものとなった今、「つくる権利」を持つものは、「こわす自由」も持っていると考えるのも当然かも知れない。

家を建てるか、車を買い替えるか、それとも子どもをつくろうかと思案し、計算した末に〝つくった〟子どもに対しては、いきおい「こうあってほしい」という親の期待も大きく、それが子どもたちへの過度のプレッシャーとなって、のしかかっているのも事実である。そのような期待が、個々の、かけがえのない、他によって代わることのできない生命が、自分らしく育ってゆくことを妨げている。

選別される生命

生命科学の発達は、自分にとって価値のある生命と、価値のない生命を出生前に選別することを可能にした。かつては神秘として受けとめられた男女の性別も障害の有無も、出生前診断によって判明し、親または社会にとって「有用な生命」と「無用な生命」が異なった運命を辿ることも可能となったのである。

このような事実はやがて、「役に立たない人は、殺してもいいのですか」という問いへと発展することだろう。

シェークスピアの悲劇の一つ、『リア王』の中に、次のような科白《せりふ》がある。「神々の手にあるわれわれ人間は、腕白小僧の手の中の虫けら同様だ。神々の気まぐれで命を奪われてしまうのだ」

十五～十六世紀に行われたカルヴィンやルターによる宗教改革は、神に対する人の信仰や教会のあり方を正そうとするものであった。十九～二十世紀のキエルケゴール、ニーチェ、サルトル等による実存主義の台頭も、神と人とのありようについて問い直すものであった。

しかし今や、私たちは、「神を不要のものとする」時代を生きている感がある。かつて神の領域とされた生死の問題にまで、人間の操作が及ぶ時代だからである。ラスコーリニコフの『罪と罰』の中での科白「神がいなければ、すべてが許される」かのようになっているのではないか。かくて、神に取って代わったかのように思い上がった人間どもが、腕白小僧よろしく、自分にとって「役に立たない人間、害を及ぼすと考えられる人間、または殺せば金になる人間」を、いとも簡単に、虫けら同様に殺しているのだ。または、衝動的に、時にはゲーム感覚で、かけがえのない生命を抹殺する〝気まぐれさ〟を発揮している。

紀元二〇五〇年頃に、世界の人口は百億を超え、深刻な人口問題、食糧問題が起きると考えられている。地球という限られたスペースの中で飽和状態が生じる時、そこには自《おの》ずから、弱者切り捨ての動きが起きてくるだろう。つまり、人類の未来を予測し、人口問題を解決するために、〝優秀な〟人間を残し、そうでない人間を切り捨てることが考えられ、このことは遺伝子工学の技術を応用すれば不可能なことではなく、出生前診断も必ず一役買うことになるだろう。

ここで問題となるのは、生命はいつからはじまるかということである。精子と卵子が結合した瞬間なのだろうか。それとも母親のお腹から生まれた時を指すのだろうか。

未熟児として生まれた子どもを育てようとする努力、そのために費やされる時間、お金は、同じ未熟児である胎内の子どもには拒否されるどころか、無用の者と判断された時に、その生命は抹殺されるのである。「人が、人を殺している」のだ。

現在生きている障害者を殺せば殺人罪となる。しかし、出生前診断で、障害のあることが判明したり、その疑いがある時には、殺してもいいものなのだろうか。「なぜ、人を殺してはいけないのですか」という問いが、ここでも繰り返されるのだ。一年間に何十万という胎児が中絶されているという。つまり、現実に人が人によって殺されているのだ。

一九九四年九月にエジプトのカイロで開催された国際人口・開発会議の席上、一部の女性たちは声高に〝産む自由・産まない自由〟を唱えていた。そこに送られてきたマザー・テレサのメッセージには、次のように書かれていた。

「母親が、我が子を殺す世の中から、殺人はなくならないでしょう」

私たちは今、人命軽視の風潮を嘆き、これに対しての生徒指導、管理強化を行おうとしている。しかし、私たちが改心して、命が「賜物」であるという認識と、したがって、すべての命は、その有用・無用にかかわらず尊ばれねばならないという確固たる信念を持つことなしには、人命尊重という成果は期待できない。

神の似姿としての人間

人間だけを他の生物に比べて特別扱いする基盤を、分子生物学は科学的にくつがえしたともいえる。しかし、科学がくつがえすことができないもの、それは「神の似姿として創られた」という点である。人間がペルソナ的存在として、創られているということだ。

ペルソナ的存在ということは、ボエティウスの言葉によれば、"Persona est substantia individua rationalis naturae"、理性的性質の個体的実体ということである。このことを、ガブリエル・マルセルは、次のような言葉で説明している。

「人はみな人格だというが、真に人格と呼ばれるべきものは、自ら判断し、その判断に基づいて決断し、自分がくだした決断に対してはあくまで責任をとるものに対していわれることで、付和雷同するようでは、単なる人間であっても人格とはいい難い」

カトリック人口の極めて少ない学校において、学生、生徒、教職員が、自分の奉ずる宗教の如何《いかん》にかかわらず、参与することができる広義の宗教教育とは、「神の似姿」として一人ひとりの生徒の人格を尊重し、賦与《ふよ》されている(他の動物に与えられていない)考える力である理性と、選ぶ力である自由意志を育ててゆくことではないだろうか。

「似姿」という表現の中には、人間の強さ、尊厳と同時に、人間の弱さ、不完全さが含まれている。人間の「中間性」といってもよい。

「人間の尊厳は、考えることにある」といったのはパスカルであった。『パンセ』の中で彼は、人間は、自然の中でも一番弱い葦《あし》にすぎない。一吹きの蒸気、一滴の水で死んでしまう弱いものだが、「人間は自分が死ぬことを知っている。宇宙は知らない」。かくて「人間は考える葦である」と述べている。

たしかに人間が一吹きの蒸気、一滴の水で死ぬもろさを持っていることを、私たちは地下鉄サリン事件で思い知らされた。他の動物は、サリンを製造する能力も持たないが、同時に、無差別に、自分に対して危害を加えることのない他のものを殺す凶悪さも持っていない。

同様のことを、アウシュビッツ収容所等での体験から、ヴィクター・フランクルが一九四九年にウィーンの医師会で行った講演の中でいっている。

「人間とは何でありましょうか。我々は再びこの問いをくり返します。人間とは、人間であるべき姿を絶えず決定してゆく存在であります。人間とは、動物の水準にまでなり下がることができると同時に、聖者の生活を送るところまで向上できる可能性を持つものであります。

人とは結局、ガス室を発明した存在でもあり、だが同時に、その同じ人間によって発明されたガス室へと、まっすぐ頭を上げて、主の祈りや、ユダヤ教の死の祈りを唱えながら入ってゆくことができる存在でもあります」

この人間の「中間性」ともいうべきもの、神と他の生物との中間にあって、自分のあるべき姿について自己決定権を持つ特質は、カトリック校の宗教教育の中心となるものであろう。それは、「人間の分際」――神といかにかかわるか、環境といかに交わるか――を弁《わきま》える根本だからである。

人間の自由

「神の似姿」につくられたということは、他の動物が持たない「自由」を与えられているということである。かくて、アダムとエバは、他の選択肢が数多くあったにもかかわらず、蛇の巧妙な誘いに乗り、禁断の実を取って食べることを自由に選んだのであった。そしてその責任を取るべく楽園を追放されたと聖書は記している。他の生物、動物は、その行為に対して責任を問われ、裁かれることがない。なぜなら彼らの「自由」は、「人間の自由」と根本的に異なるからである。

ヴィクター・フランクルは、その著『死と愛』の中で他の動植物と異なる人間の自由について次のようにいっている。

「人間の自由とは、諸条件からの自由ではなくて、それら諸条件に対して、自分のあり方を決める自由である」

キリストは、十字架の刑から自由になることもできた人であったが、あえて、十字架から降りようとせず、その死に際して、敵を許し、御父の御旨《みむね》に従う「自由」を行使したのであった。

人間はかくて、苦しみの中で、相手を思いやる自由、ほほえみがたい条件のもとで、ほほえむ自由を持っている。しかし同時に人は、苦しみの中で他人を呪い恨む自由も持ち、極めて恵まれた条件のもとで、不平を鳴らす自由も持っているのだ。

自由とは読んで字のごとく「自《みずか》らに由《よ》る」のである。置かれた条件は同様でも、その条件にどう対処するかの自己決定権を保有している。そこで大事なことは、「どう対処するか。何を選ぶか」ということになる。

選ぶに当たって「人は、善しか選ばない」ことに注目したい。殺人、強盗、万引き、詐欺等々の悪が行われているにもかかわらずである。

私たち自身の経験からしても、嘘をつくことの方が、正直に非を認めることよりも我が身にとって「善」と映る時に、つい嘘をつくのである。サラ金に追われて切羽詰まった状態にあれば、銀行強盗をしてでも手に入れた金で、その状態を脱することの方が「善」と映るであろう。

正常な状態ならば育てたであろう赤ん坊を、コインロッカーの中に押し込めて立ち去る母親の場合も、同様である。産んではならない子であったり、将来の結婚、今の就職の妨げとなったり、足手まといとなる場合、母親は、「より大きな善」と自分が考えることのために、正常な場合には選ばない選択をする。

学生たちに「カンニングの是非」を問えば、必ずといっていいほど、「するべきでない」と答えるだろう。しかし、いざ、自分がテストを受けるに当たって、その単位を落とせば留年になるという状況のもとでは、カンニングを、留年を防ぐための「善」と判断して選択することも、あり得るのだ。

このように人間は、切羽詰まると、どうしても、目先の善を選ぶ弱さを持っている。かくてふだんから、切羽詰まる状況にできるだけ追いつめられないように、よく考えて行動し、利那的な善よりも、将来的展望をふまえた善を、衝動的な善よりも冷静な判断の結果としての善、利己的善よりも利他、または社会的善が選べる教育、換言すれば、ペルソナ的(責任のとれる)善の選択のできる教育を行うことが大切なのだ。

ごたいせつな存在

一五四九年にフランシスコ・ザビエルは日本にキリスト教の信仰を伝えた。その当時、言葉で苦労をした外国人宣教師たちが、迫害に遭っても、国外追放を命ぜられても、これだけは日本人に「福音」、良きしらせとして伝えたかったのは、

「神は愛である」ということだったという。

　今日残っている辞書等に依《よ》れば、宣教師たちは、このことを表すのに、「デウスのごたいせつ」といったという。日本人の考えている神との違いを示すために「デウス――天主」を用いたのであろうし、仏教で「愛」が、情欲、執着という意味合いを持っていたため、「ごたいせつ」という美しい大和《やまと》言葉を使ったのかと思われる。

　四百五十年を経た今日、カトリックの宗教教育が伝えるべき福音もまた、一人ひとりが「すでに神に愛されている、ごたいせつな存在」ということであろう。偏差値にも、家柄、職業、能力、容姿、財産、障害の有無にもいっさいかかわらず、神のまなざしには「ごたいせつ」に映っているということ、その一人ひとりのために、キリストが十字架について死ぬほどに「ごたいせつ」なのだということなのだ。

　理論としてだけでなく、カトリックの宗教教育は、それを肌で感じさせるものであってほしいと思う。そのために必要なことは何か。それは「愛」以外の何ものでもないだろう。

キリストが、託身という言葉で表されるように、人間の姿をとり、人間の言葉で、目に見えない父なる神の〝みことば〟となり、私たちの一人ひとりを「宝」として愛し給う神の愛を如実に示し給うた。そのように私たちもまた、私たちの姿、言葉、生徒とのかかわりにおいて、「神の愛」を示してゆくこと、これが福音であり、カトリックの宗教教育の根本になくてはならない。

愛されてはじめて、愛を知るのだ。

ごたいせつにされて、はじめて、自分の価値に気づき、自分を大切にすることができるのだ。

自分の心にゆとりができて、はじめて、他人を自分の欲望、欲求を満たす道具、手段と見る心から解き放たれるのだ。

他人を、一人格として見る心のゆとりを持つ時、はじめて、他人の尊厳に対して目が開かれるのだ。

カトリックの宗教教育という時、知識としてキリスト教を教えることも、その一つの重要な課題であろう。キリスト者でない人たちにも、少なくとも教養として、その訓《おし》えの何たるかを知る機会を提供することは、カトリック校としての義務、または責任だからである。しかし、生徒の心に、それを受け入れる素地が耕され、また受け入れやすい方法が工夫されねばならない。

もしも従来の宗教教育が、一人格として、考え、選ぶ生徒の能力を軽視して、一方的に、時に高圧的に知識を伝授するものであったとしたら、今や、そのような教え方では受け入れられ難いことを知らねばなるまい。社会は大きく変化し、生徒たちはその申し子なのである。

生徒たちが一人格として尊敬され、その自由の行使が認められ、自分がありのままで〝愛され、ごたいせつにされている〟ことを肌で感じて、教師の愛の中に神の愛の片鱗を見る時、はじめて、生徒たちの心は、開かれてゆくのであろう。

三十余年の学生とのかかわりが、このことを私に教えてくれた。

「なぜ、人を殺してはいけないのか」という問いを中心にこの原稿を書いてきた。かつては一言のもとに片付けられたこの問いが、問われ、それに答えねばならない時代となったからである。

「自分も殺されたくないから」が、その理由であっていいのだろうか。人間以上の存在の大きい意志を明らかにし、生徒一人ひとりに感じさせる宗教教育であってほしい。

もしも従来の宗教教育が、「人間は尊いのだ」ということを大前提として行われてきたとすれば、「なぜ尊いのか」を考え、さらに、「尊いもの」にふさわしく生きるとはどういうことなのかを考えるものへと変わってゆくべきであろう。

人間にのみ賦与されている理性、自由意志、そこから生まれる愛、自由、責任をいかに行使してゆくかが、今後のカトリック校における宗教教育の課題といえるかと思う。

父母を思う二月

三十年前のクリスマス・イブに、東京のとある施設でひっそりと亡くなった母は、今生きていれば百十七歳になる。亡くなる前の一、二年間は、いわゆる痴呆老人となっていたが、入所中、施設の看護婦さんたちに大そう可愛がられていたというから、生前、「他人《ひと》さまの世話になること」を極度に嫌がっていた母にしてみれば、何もわからない状態で死ねたことは、幸せだったというべきだろう。

本人の口からは一度も聞いていないが、母は若い頃、その近辺で一応「小町」と呼ばれていたそうで、セピア色に変色してしまっている一枚の写真が、往時を物語っている。母が縁側にいるところを、父が外から一目見て、結婚を所望したという〝伝説〟もあるくらいだから、母は若い時から、きれいな人だったらしい。

父二十八歳、母十八歳での結婚であった。田舎とはいえ、素封家《そほうか》に育った母にとって、東京という都会で、陸軍中尉の安月給で家計をまかなってゆくことは、必ずしも易しいことではなかったろう。

父は苦学の人であった。愛知県の小牧《こまき》に生まれ、幼くして、岩倉の渡辺家に養子に出され、小学校四年間の義務教育を終えた後は、家業の手伝いのため中学校にも行かせてもらえなかった。

勉学好きの父は、友人から中学の教科書を借りて、行商のかたわら、それらを独学でマスターして人を驚かせたという。その当時、官費で勉強できる唯一の場であった陸軍士官学校に上位の成績で合格、さらに難関中の難関とされた陸軍大学校に入学、首席で卒業して、恩賜《おんし》の軍刀を賜《たまわ》っている。

小学校しか出ていないでこのように勉学を続け、軍人となってからも、月給の半分は丸善への支払いだったといわれるほどの読書家であった。数々の要職についた後、陸軍大将になり、陸軍三長官のポストの一つ、教育総監に任ぜられた父は、誠に「努力」を絵に画《か》いたような人であった。

母もまた、努力の人であった。高等小学校を出ただけの学歴で、愛知県五日市場というところから東京へ出て来て、その後、父の立場に伴って、いわゆる〝上流社会〟の人たちと交わっても、ひけを取らない教養を努力して身につけた人だった。

私は母の四十四歳の時に生まれた末っ子なので、母の若い時の苦労を知らない。二十二歳年上の姉から聞けば、父が長い間、欧州駐在武官として日本を留守にしていたため、その間、親族との人間関係等で、ずい分辛い思いもしたとのことである。

そんなこともあってか、私が三十歳近くになって、「修道院に入ってもいい？」と母に許可を求めた時、一応反対もし、引き止めもしたけれども、結局、「女は結婚したからといって、必ずしも幸せになるわけではないからね」といって許してくれたのだった。その時の母の心の中には、三十余年にわたる自分の結婚生活の中でのさまざまな経験と、それに対する思いが去来していたのではなかったかと思う。

父も努力の人、母も努力の人であったために、我が家の家訓は自《おの》ずから「努力」であった。一にも努力、二にも努力、それに加えて、忍耐、辛抱、勤勉といったことが、人間の成功と幸せに欠かせないものとして、私たちの幼な心にも叩きこまれ、それに加えて、「艱難汝《かんなんなんじ》を玉にす」「正直の頭《こうべ》に神宿る」「お天道さまが見ていらっしゃる」といったたぐいの諺や言葉が、絶えず聞かされるのであった。

私が九歳の時、父は二・二六事件で不慮の死を遂げたのであったが、叛乱軍の兵士たちの前に立ちはだかって、侵入を阻止しようとした母は、また、父のなきがらを前にして一滴の涙もこぼさない気丈な母であった。そして子どもたちを前に宣言したものである。「お父さまのお名前をはずかしめるようなことをしたら許しません。これからはお父さまと二人分、厳しくしつけます」。

この言葉が実行に移されたことはいうまでもない。私は、母に厳しくしつけられたことに感謝している。決して自分の思うままにならない世の中を生きてゆくためには、他人に甘えないこと、頼らないこと、不自由に耐えること、倒れても倒れても起き上がることの大切さを、しっかりと教えられたからだ。

母の厳しさの根底には、いつも揺るぎない子どもたちへの愛があった。「私は何の趣味もない女、子どもたちを育てることだけが、私の趣味だった」。年老いてから、しみじみと母は述懐するのだった。

心のアルバムを開く時、そこにはいつも、子どもたちの将来の幸せを願い、そのために自分のすべてを捧げてくれた母の姿がある。

「お母さまだって、おいしいものが嫌いなんじゃないんだよ」

九歳までしか共に暮らせなかった父の言葉で覚えているものは数えるほどしかない。これはその一つである。食卓で、おいしいものを子どもたちの方へ押しやり、自分は黙って他のおかずで食事をしている母、それを何とも思わず母の分まで食べている子どもたちに、見るに見かねていった父の言葉であり、母の日常を表す言葉でもあった。

幼い時は、あまりのしつけの厳しさに、まま母ではないかとさえ思い、若い時には母のすること、なすことの一つひとつに反抗を覚えた私であったが、修道院に入る前の数年間は、その母がいとおしく思えて、母との水入らずの生活を楽しんだものだった。そして今、自分が七十の坂を越えて、しみじみと、母の偉大さを思っている。

母の意に反して、キリスト教の洗礼を受けた後も、行いの改まらない私に母はよく、「それでも、あなたはクリスチャンなの」といってたしなめたものであった。修道者としての生活をしている私の耳には、今も、「それでも、あなたは修道者なの」という、母の厳しくも優しい叱責が聞こえてきて、「努力」を続けねばと思うこの頃である。

真宗の高僧、暁烏敏《あけがらすはや》は、

十億の人に十億の母あらむも
わが母にまさる母あらなむや

と詠《うた》っている。私もまた、私の母を「世界中で一番良い母」と誇れる幸せを味わっている。

母の誕生日は、二月四日、父の命日は二月二十六日。二月は、私にとって父母を思うに、もっともふさわしい月といえよう。

体と心

翌日は十字架につけられるという日の夜、キリストはゲッセマネの園へ弟子たちと一緒に行き、「私は死ぬばかりに悲しい。わたしと共に目を覚ましていなさい」といい置いて、ご自分は少し先に行き、苦しみもだえて御父に祈られました。ところが戻られると、あろうことか、弟子たちは皆眠っていたのです。

その彼らにキリストは、繰り返し「目を覚まして祈っていなさい」といい、ご自分はまた祈られるのですが、弟子たちは眠気に打ち勝てず、祈りから戻ったキリストが見出すのは、眠りこけた弟子たちの姿でした。そこでかの有名な言葉が、キリストから発せられます。「心は燃えても、肉体は弱い」。

この時の弟子たちの中には、「どんなことがあっても、あなたから離れません」と公言した人さえいたのですが、心と裏腹に、体がついてゆかなかったのです。

多分、この弟子たちの姿に、キリストは翌日、十字架上で置き去りにされる淋しさを、すでに予見なさったことでしょう。そこには、彼らを咎《とが》めようとせず、ひたすら、悲愛のまなざしで見つめられるキリストの姿がありました。

私も七十歳を越えた今、しみじみと自分の心と体の間に生ずるへだたりを感じています。時間があったらこれもしよう、あれもしたいと考えていても、体がついてゆかないのです。疲れやすくなっていたり、思うように体が動かない情けなさを、いやという程、味わっています。しかしたとえ、動かす体は衰えても、十分に働くことはできなくなっても、愛する心だけは、いつまでも生き生きと保っていたいと思うのです。

自《みずか》ら肉体をとり、私たちの中に住み、人間の心と体の乖離《かいり》を身近に体験なさったキリストは、私のこのような願いが無惨に潰《つい》えた時も、同じ悲愛のまなざしで、私を見つめ、許し、愛し続けてくださることでしょう。

好き嫌いを乗り越える

人には必ず好き嫌いがあるものだ。こればかりは多分に生理的なもので、修養したからといって克服できるものではない、と私は思うようになった。好き嫌いを無理に直そうとしたりせず、自分に好き嫌いがあることを素直に認めることは大切なことだと思う。その上で、「愛する」努力を怠らなければいいのだ。

「愛する」というのは、この場合、必ずしも相手と接近することを意味するのではなく、相手には、私の好き嫌いと関《かか》わりなく、その人独自の価値があると認めることといってよい。

これを食べ物にたとえるならば、私の場合、ピーマンがこれに当てはまる。どういうものか、私はピーマンを苦手としていて、匂《にお》いをかぐのも好きでない。体が受けつけないのだ。

しかし、ピーマンの価値、その栄養価は私の好き嫌いとは別のところに、厳然として存在することに間違いはない。ピーマンが大好きな人もいるわけで、私がピーマンを「愛する」というのは、そのような客観的価値に敬意を払う心を持ち、少なくともその価値を否定しないことである。

人は誰しも〝ピーマン的存在〟と呼ぶ人を一人や二人持っているのではないだろうか。しかしながら、生理的に受け入れ難い人、その人の〝匂い〟をかぐのも嫌だという人が私にいたとしても、それは私の勝手なのであって、私の好き嫌いと無関係に、その人にはその人の価値があるのだ。その事実に敬意を払うことが、その人を大切にすること、つまり愛することとなるのである。

このように〝好き〟と〝愛する〟こととは同じでない。好きな人は愛しやすいが、嫌いな人の価値を認めるためには、時に英雄的な努力を必要とすることがある。

かつて私は、同じ修道院の中で、どうしても好きになれない人と一緒に住んでいたことがある。それは辛いことだった。相手の良さを認めながらも、面と向かうと冷たい態度を取ったり、素気《そっけ》ない返事しかできない自分が情けなくて、そのような自分を露呈させる原因の相手を、また、うとましく思ったものである。「今度こそ優しくしよう」という決心も、いざという時には、もろくも崩れ、つくづく自分の弱さを思い知らされる羽目となったことが何回となくあった。

その人は今、太平洋のかなたに転勤となった。私にとって〝ピーマン的存在〟であったその人が身近にいなくなったことは、たしかにありがたい。自分の不甲斐なさを申し訳なく思い、せめてもの罪ほろぼしに、精いっぱいその人の幸せを祈って、愛したいと思っている。

共感

人間関係を和やかにするのに、「の」の字の哲学というのがあります。

例えば、夫が会社から戻ってきて、「ああ今日は疲れた」といった時に、知らん顔して、その言葉を聞き流したり、「私だって、一日結構忙しかったのよ」と自己主張したのでは、二人の間はうまくゆきません。その時に、「ああそう、疲れたの」と、相手の気持ちをそのまま受け入れてあげることが大切なのです。

友人が、「私、海外旅行に行ってきたの」と言えば、「あら、私もよ」と相手の出鼻をくじいたり、「どこへ、誰と」と尋ねたりする前に、「そう、旅行してきたの」と、おうむ返しに言葉をそのまま繰り返して、相手と共感することが、相手への真の優しさとなります。

私たちはとかく自分本位になりがちで、共感する前に、自己主張をしがちです。相手が感じていることを、そのまま受け止めてあげる前に「私だって」とか、「私なら」と比較してしまいがちになります。

自分が感じたことのない気持ちには共感できないので、そのためには、いろいろと自分も経験することが大切になってきます。ただ、ここで気をつけないといけないのは、同じような経験でも、他人のそれに対する感情と、自分のそれとは同一ではあり得ないという事実です。

子どもをなくしたことのない人より、その経験をした人は、今悲しんでいる人に共感を抱き易いとは思いますが、一人ひとりの経験は独特なものであって、決して同じではありません。その事実に対しての、「全く同じ経験はあり得ない」という醒めた目と、「しかしながら、自分の経験から少しでもわかってあげたい」という温かい心が必要なのです。

「慰めてくれなくてもいい。ただ、傍《そば》にいてください」といわれたことがあります。ただ「悲しいの」「苦しいの」と受けとめてくれる人――キリストは、そういう人でした。「の」の字の哲学の元祖だったのです。

クリスマス

クリスマスというと、楽しい面が強調されすぎているように思います。大人も子どももこの日を楽しみに待ち、「メリー・クリスマス」と挨拶を交わすのが常です。

しかし本来、クリスマスは〝喜び〟の日なのです。楽しみと喜びは似ているようで、決して同じものではありません。ゴルフや旅行は〝楽しむ〟ものですが、それ自体は、〝喜び〟ではないのです。そのゴルフで良い成績を上げた時、旅行が自分にすばらしい出合いの機会となった時、つまり「よかった」と思えた心の充実感が喜びとなるのです。

さて、クリスマスですが、その本質は喜びの日です。私たち人間どもが神に対しておかした罪を、私たちに代わって償《つぐな》い、許しを得させてくださる救い主がお生まれになって、「よかった」と喜ぶ日なのです。

旧約時代の人たちは、この救い主の来臨《らいりん》を「今か今か」と楽しみにして生きていたといえるでしょう。ところが、救い主が現実に私たちのただ中に、しかも幼な子の姿でお生まれになったその瞬間から、楽しみは、喜びに変わったのでした。

その救い主は、〝みことば〟として私たち人間にわかる言葉で、たとえも用い、ご自分の行いを通しても、父なる神が、どれほど私たちを愛していてくださるかを伝えてくださったのです。これにまさる喜びのおとずれ――福音《ふくいん》はありません。

クリスマスの夜、天使は羊飼いたちにこの大いなる喜びを次の言葉で告げたのでした。

「わたしは、民全体に与えられる大きな喜びを告げる。今日ダビデの町で、あなた方のために救い主がお生まれになった」

私たちも、ただ楽しいだけのクリスマスでなく、「よかったですね」「嬉しいですね」と、顔を輝かせて救い主のご降誕を喜び合おうではありませんか。

iv

心が波立つ日には

存在への勇気

「テープを聞いていた時は、もっとお若い方かと思っていました」

私の講演会に足を運んで、実物をごらんになった方から、このようにいわれることがある。声が若々しいとほめられているのか、思ったよりずっと年寄りだったことに落胆してのコメントなのか、判断に苦しんでしまう。

私はもともと、人前で話すことと無縁の生活を送っていた。三十歳近くで修道院に入り、アメリカに派遣されて五年ほどいる間に、現地の生徒たちに、日本の宣教活動への募金のお礼として話をしたのが、人前で話をした最初ではないかと思う。それが、日本に戻ってから大学に配属され、教育原理、教育心理等の講義を受け持つこととなって、毎日のように大勢の学生たちを前に話さざるを得なくなった。そしてさらに二年後には、大きな体育館のステージの上で、卒業生とその父母、来賓、教職員を前にして学長告辞を述べなければならない羽目になるとは、誠に思いも寄らないことだった。

その節、私の困惑ぶりを見て、今は亡《な》い一人の老教授が、「卒業生は毎年変わるのだから、毎年同じのを使えばよろしい」と、当時まだ三十七歳だった私に、慰め顔でいってくださったものである。

しかし現実は、そうはうまくゆかず、「今年は何のお話をなさるのですか」と、余計なことを尋ねる人たちがいて、私は毎年三月が近づくと、憂鬱《ゆううつ》になっていたものだ。入学式の式辞についても、同じ悩みを持った。

大学以外でも、いろいろのところへ講演をお頼まれして伺うのだけれども、いまだに、講演恐怖症のようなものを持っている。まずあがってしまって、あがりっぱなしのまま話でも講義でも終えることが殆《ほとん》どである。もっといけないのは、終わった後、必ずといっていいほど自己嫌悪におちいる。

「劣等感は、傲慢の裏返し」といわれたことがあるが、自己嫌悪も同じで、もっと良い話ができたはずなのにと思い上がっている証拠である。こういう虚栄心と絶えず闘わないといけない私がある。頭では百も承知しているのに、心が伴わない。

声の若さが売りものだったというのに、七十歳を越した今、時々、声が枯れることに気づいて、フッと淋しくなる時がある。七十年も使ったのだから、痛みが来て当たり前、今まで使えたことに感謝しなければ、と思うのだけれど、やはり哀しい。

ポール・ティリッヒという人が『存在への勇気』という本の中に、「勇気とは、人が自分の本質的自己肯定に矛盾する実存の諸要素にもかかわらず、自身の存在を肯定する倫理的行為である」と述べている。

つまり、「こういう自分ならば、自分として認めてやる」と思っていた、自分にとってはずい分大切な条件の一つひとつが失われたり、剥奪されていっても、そこに残る〝無惨な〟自分を、自分として認めるかどうかということが、存在への勇気として問われている。

そんな勇気を持って生きたい。「今の自分」を認めるだけでなく、いとおしみ、愛してゆくことこそは、自分の人生のどの時点においても、感謝を忘れないで生きるということなのだろうから。

〝許し〟がもたらすもの

許すということは、損をすることなのかも知れないと思う。だから、難しいのだ。

もう四十年も前のことだけれども、周囲の人たちの無理解に腹を立て、不機嫌だった私に、一つの詩が与えられた。

もしあなたが、誰かに期待した
ほほえみが得られなかったら
不愉快になる代わりに　あなたの方から
ほほえみかけてごらんなさい
実際、ほほえみを忘れた人ほど

あなたからのそれを
必要としている人はいないのだから

貰《もら》えるはずのものが貰えなかっただけでも「損した」と思うのに、こちらがそれを与えるなんて、これでは〝ダブルの損〟だと、私はその時思ったものである。

ところが、やがて気づかされたのは、ダブルに損をすると「得《とく》になる」ということだった。〝シングルの損〟だけにしておくと、残るのは、腹立たしさや口惜《くや》しさだけであり、折あらば仕返しをと考える自分だけである。ところが思い切ってダブルに損をすると、そこには、ほめてやりたい自分が残り、「よかった」という満足感が残るから不思議だ。

ダブルの損を実行するのは決して易しいことではない。まず、相手の立場になる心のゆとり。「相手こそ、私の欲しいものを私以上に必要としているのだ」と考えることができるこのゆとりは、自分中心に生きている限りは生まれない。それは一つの〝許し〟である。

次に、自分を大切にする決心。相手の出方に左右されず、自分は自分であり続けようという強い意志とプライドが、ダブルの損を可能にしてくれる。売り言葉に買い言葉的言動をしてしまった後の惨めな思いを、誰しも少なからず経験しているのではなかろうか。

かくて、自分の生活を大切にしたいなら、相手を許さないといけない。許すことによって、自分が相手の束縛から解放されるからである。夫の裏切り行為に苦しみ抜いた一人の人が、その苦しみから立ち直った時にいった言葉が忘れられない。「傷つけた相手を許すことによって、自立が可能になりました」。

許すということは易しいことではない。しかし、許すことによって、私たちは相手の支配から自由になり、自立をかち得るのだ。かけがえのない自分の時間を、他人の支配に任せていては、もったいない。時間の使い方は生命の使い方なのだから。

韓国には、「行く言葉が美しい時、返る言葉も美しい」という諺があると教えられたことがある。相手がどのようであっても、自分は〝美しく話す〟ということは、大変な勇気が要る時がある。しかし、それを実行しない限り、美しい言葉を相手から聞くことはできないのだ。

求めるものを与える時、そこには主体性がもたらす豊かな人生が生まれる。許すこと、損することを惜しんではならない。

人生を生きる知恵

良寛和尚という方が、その手紙の中に「災難に遭う時には災難に遭うがよく候、死ぬる時節には死ぬがよく候。これはこれ災難を逃るる妙法にて候」と書いていますが、これは辛いことの多い人生を生きていく上の一つの知恵ともいえましょう。病気の時には病気になりきること、浪人の時には浪人になりきることの大切さ、つまり、そのものと一体になることによって、そのものの存在から解放され、自由になるということなのです。

今、私はいわゆる高齢者の仲間入りをして、自分の不甲斐なさと顔を合わさねばならなくなっています。かつてのように物事を手際よく片付けられない自分、若い時にはなかった体の諸部分の不調、ハイヒールでさっそうと歩いていたのにローヒールを履かざるを得なくなった自分、そんな自分が今や自分の前に立ちはだかっています。老いというものは悲しいものと、しみじみ思います。

そこで最近、生きるということ自体がすでに一つの大切な使命で、何をどのくらいするかということは、それに比べたら付随的なものではないかしら、と考えるようになりました。良寛の言葉になぞらえていうなら、老いる時には老いるがよく候、とでもいうのでしょうか。

今まで自分が持っていたプライドが一つひとつはぎ取られていって、自分より若い人たちの活躍を喜ぶことができる自分になること、他人に頭を下げて生きていかねばならない、その現実を直視して、それを謙虚に受け止めていくこと、それは口でいうほど易しいことではありません。でも、そのように、その時その時の、ありのままの自分を肯定して生きていくことこそ、真の自分へのやさしさであり、人生を生きていく上での一つの妙法といえるのではないでしょうか。

いのちの電話に思う

「ためしに一度、いのちの電話に相談電話をかけてみようかしら」

ふっと、こんないたずら心がおきることがあります。「岡山いのちの電話」が発足して十年ということですが、その開設当初を知る者の一人として、十年間歩み続けていらした相談員の方たちのご苦労に深い敬意の念を抱くと共に、その経験が、今、どのように生かされているかを知りたいという気もいたします。

人間は、自分の心の中にあることを誰かに打ち明けることで、ずい分救われることがあるものです。別に、解決してもらわなくてもいい、アドバイスしてくれなくてもいい、ただ、自分の話を聞いてもらえたということで、自分の存在が確かめられ、心の重荷が少し軽くなることがあるものです。話すことによって、それまで混沌《こんとん》としていた自分の心の中が整理されることもあれば、「ああ、こんなつまらないことで悩んでいたのか」と、自分の問題を客観視できることもあります。しかしそれ以上に、誰か一人の人が、自分の話に真剣に耳を傾けてくれたことによる喜び、自信の回復、存在への勇気が与えられるという効果を見逃してはならないでしょう。

アメリカでの非指示的カウンセリングの始祖と目されているカール・ロジャースがいっています。

「人間一人ひとりには、たとえ目に見えなくても、その人の成熟に向かって絶えず前進する力と傾向性が必ず存在する。この傾向性は、それが適切な心理的風土を与えられた時、潜在可能性から現実性へと足を踏み出す」

ロジャースは、この重要な〝心理的風土〟は「許容」の雰囲気だと言っています。それは、クライエント（相談者）の考え、行動を是認することでもなく、否定することでもなく、相手をあるがままに受け入れることだというのです。そして、今見るところでは、その存在のかけらさえ考えられない〝成熟に向かって前進する力と傾向性〟を信頼する時、それまで、ポテンシャル（潜在可能性）だったものが、リアル（現実性）になるというのです。

この、人間一人ひとりが持つ可能性への信頼と、それに裏付けられた許容の風土の創造こそは、いのちの電話が有効であるために、重要な要素ではないかと思います。

私自身、三十年前にアメリカでカウンセリングの授業の中で、ロジャースについて学び、それまでの、助言、忠告といった「上から下へ」「教え導く」という考え方から、「本人が気づく」「本人の中にすでにある力を信頼によって引き出す」という考え方に気づかされたのです。もちろん、すべてのケースに当てはめるべきものでないこともわかりますが、クライエントに対する深い尊敬、自分が失ってはならない謙虚さを、私は、ロジャース博士のお姿そのものの中に見たように思います。

先日、一人の青年が会いに来ました。高校在学中に不登校をくり返し、二十三歳になる今も、高校を卒業していない人、アルバイトをしながら夜間高校に通う今も、自分で自分を持て余しているかのようなその青年は、本当は心の美しく、優しい人、それだけに傷つきやすい人と私には映りました。

その人の話を聞いた後、「あなたは、良い人、宝石のような人なのね」と、私は自分の思いを率直に述べてしまったのです。それを聞いた時、突如として、その青年の顔と体いっぱいに漲《みなぎ》った喜びと輝きに、私の方がびっくりしてしまいました。

「本当ですか。信じてもいいのですか」

身を乗り出して尋ねる青年に、「本当ですよ」と、その目を真直《まっすぐ》に見返しながら私は答えました。

今まで、その青年の表面に表れていた問題行動のみが問われていたのでしょうか。誰の中にでも潜んでいる、その人の成熟に向かって前進しようとする力と傾向性への信頼が欠けていたのかも知れません。この青年は、いつの日か、きっと〝宝石〟になってくれると信じています。人の話を真剣に聞くこと、相手の可能性を信じることの大切さを実感させられた一つの例でした。

いのちの電話は、一本の電線の端と端を、〝いのち〟が行ったり来たりするシステムです。自殺を考えているいのちもあれば、憎しみ、恨みのやりどころのないいのちもあることでしょう。性欲のはけ口をその電話に放出しているいのちもあれば、面と向かっては到底言えない恥ずかしいことを打ち明けるいのちもあります。単なるひやかし、いたずらも少なくないことでしょう。

問題も千差万別なら、電話をかけてくる人も一人ひとり異なります。電話という匿名性、顔の見えない相手との話が、一方では真実を語る手助けとなっていることもあれば、他方、その特性ゆえに、真実が語られることなく、無駄とも思える時間とエネルギーが消費されることもあるでしょう。

ただ、いのちの電話をかけてくる人たちのほとんどが抱えているのは、「聞いてほしい」「話したい」という欲求であり、それは、きわめて切実なものから、いたずら半分、単なる話し相手、暇つぶしの電話として表れることもあるのです。

私自身、いのちの電話のお世話になったこともなければ、その相談員になったこともありません。ですから、過去三十年にわたる女子大生とのかかわりから類推してしかいえないのですが、今、淋しい人たち、自分の話を聞いてほしいと思っている人たちが、ずい分ふえているような気がしています。ということは、多分、いのちの電話の件数もふえているということではないでしょうか。

他人の話を、遮ることなく、辛抱強く聞くということは、決して易しいことではありません。自分の精神衛生がある程度健康でないとできないことです。その意味でも、相談員の方々のご苦労は大変なものだと思います。挫折感を味わうことも度々おありなのではないでしょうか。

ロジャースがいう「相手の中に潜む可能性への信頼」と共に、私は、「人間理解の限界に対する認識、自覚」もまた、いのちの電話にたずさわる方々には、きわめて必要なものだと思っています。

つまり、どれほど長い時間をかけて、相手も話し、こちらも誠意をもって聞いたとしても、一人の人間が、他の一人格の感じていること、思っていることを理解し尽くすことは不可能だという認識です。ある程度はわかります。しかし、人格と人格の間には、コミュニケートし得ないもの（incommunicability）があるという冷厳な事実を認め、その前に、謙虚に頭《こうべ》を垂れねばならないということなのです。

相手の問題をすべて理解したと思った瞬間から、それは、相手を、「自分」の枠の中にはめ込むことになり、そこに、不可知の相手への尊敬は失われることでしょう。

相手を知り尽くせない、理解し尽くせないという事実は、相談員に、無力感を味わわせるものかも知れませんが、実は、その無力感こそ、そしてそこから生まれる「この人が、癒されますように」という、祈りにも似た思いこそが、相談員のいかなる言葉にもまして、一本の電線を通して、クライエントの心に〝届く〟のであり、癒しにつながるのではないかと思います。

相手の抱えている問題、悩み、感情、思いを理解するためには、「よく聞く」ことがとても大切です。その時、世界中に、その人しかいないかのように、よく聞くこと、相手を遮ることなく、言葉になっていないものも感じ取ろうとすることが大切です。

その際、自分自身の経験が役立つことが往々にしてあります。自殺したいと話している相手に対して、自分もかつて、それに似た思いを抱いたことがあるとすれば、「とんでもないことです。自殺は罪です」といった説教に終始することなく、相手の気持ちへの理解が示されることでしょう。クライエントも、同じ思いを経験しながら、今も生き続けている人の存在に励まされるのです。人間の中には、自分の成熟に向かって絶えず前進する力と傾向性が存在するのですから。

しかし、ここで気をつけないといけないのは、自分の経験をクライエントのそれに置き換えてしまうことです。私たちはたしかに豊富な経験を持てば持つほど、他人の立場への理解を深めることができます。しかしながら、一人ひとりは別人格であって、似通った経験はすることがあっても、決して同じ経験をすることはあり得ません。

失恋の苦しみを味わったことのない人よりも、味わった人の方が、または、寝た切りのご老人をかかえ、家族の協力が得られないで、疲れ切って電話をかけていらした方には、同じような経験をした人の方が、しない人よりも理解の度は深いと思います。

しかしながら、なまじっか自分に経験があるばかりに、相手の話を〝新鮮なもの〟として受けとめる謙虚さに欠ける危険もあります。自分とは異なる相手の、独自な経験に対する尊敬の念に欠け、自分の経験と重ね合わせて処理しようとするおそれがあるのです。

同じような悩みごとでも、悩んでいる当人は一人ひとり異なっています。同じ問題だと早呑み込みしたり、安易に片付けないで、いつも新しい気持ちで、新しく対処してゆくことが誠意というものでしょう。

神ならぬ身の相談員も、その日その日の自分のなまなましい生活の中から、時間を割いて受話器を握っているのです。くどくどと同じことを繰り返す相手、脈絡のない話、無礼な態度などを、しっかり受けとめられる時と、ついイライラする時もあるのではないでしょうか。

それにもかかわらず、「私より、もっと苦しんでいる人、心に平和を失っている人」の話を辛抱づよく聞こうとしていらっしゃるところに、いのちの電話の相談員のお仕事の尊さがあると私は思っています。

岡山いのちの電話の発足時に、一人の女性相談員の方が、私に尋ねてくださった質問が心によみがえります。

「私には、どうしても許せない人が一人いるのですが、そんな私が、いのちの電話を取ってもいいのでしょうか」

むしろ、そういう経験、悩みをお持ちの方にこそ、そして、そのような傷を持つ自分を謙虚に認めている方にこそ、いのちの電話を取っていただきたいのです。

人間が、もう一人の人間を、完全に許せるなどと思い上がりたくないのです。

いのちの電話の相談員は、電線の他の端にいる人よりも、品行方正、学術優秀、非の打ちどころのない人である必要はないし、その保証もないのではないでしょうか。

自分も倒れた経験が過去にあり、今後もその可能性があることをしっかりと心に留めて、今、いのちの電話をかける必要がなく、電話が取れる自分であることに絶えず感謝しながら、「助け起こして」と叫んでいる人と〝共に生きる〟心、同じ目線でものを見ようとする優しさが求められています。

人間、倒れることは恥ずべきことではないということ、起き上がることが大切で、しかも人間一人ひとりには、自分で起き上がる力と傾向性があると信じることと、そのために妨げとなっている障害物を除去し、適切な心理的風土をつくる努力をすることが、いのちの電話相談員の役割ともいえましょう。

こざかしく、他の人間を救ってやろうなどと考えるとしたら、思い上がりも甚《はなは》だしいといわざるを得ません。

「どうぞ、癒されますように。そのための小さな道具として私が用いられますように」という謙虚さと、真摯《しんし》な祈りの心がある限り、その思いは、一本の電線の他の端にいる人に必ず伝わり、癒しが行われてゆきます。人には、自己治癒力があるのです。

「岡山いのちの電話」十周年を心からお祝いし、その間、たずさわっていらした方々のご労苦に深い敬意と感謝の念を抱いて、この一文を書かせていただきました。

（岡山いのちの電話十周年記念として　一九九四年）

個人主義と利己主義

「あなたは利己主義者だ」といわれて喜ぶ人はいないでしょうが、「あなたは個人主義者だ」といわれた時には、案外「ええ、そうですよ」と、素直に肯定する人がいるのではないでしょうか。

利己主義と個人主義に共通するものがあるとすれば、「自分が中心」ということかも知れません。では、どこが違っているのでしょう。

利己主義者の場合は、とにかく自分が得をすることだけを考えている自己中心性であるのに対し、個人主義者という場合、そこには集団に吸収されまい、埋没すまいとする個人の意志が強く表れているように思います。

この個人の意志が〝独走〟または〝暴走〟して、相対する集団あっての自分の存在であることを忘れてしまったり、ただ、やみくもに自分の主張に固執して、集団の立場を無視するような時、個人主義もまた、利己主義に変身することがあります。それほどに、この二つは、似通った部分と相反する部分を併せ持っているのです。

成熟した個人主義なしに、民主的社会は存立しません。なぜなら、自分の意志を持つことなく、絶えず他人の目と思惑《おもわく》を気にして、大勢《たいせい》の赴《おもむ》くままに付和雷同する人々の集まりは単なる群《むれ》でしかないからです。反対に、自分の利益しか考えない利己主義者、他人の意見に耳を傾けようとしない未熟な個人主義者の集まりも、困ったものです。

健全な社会の形成は、かくて、神の前にすべての人は平等であるという認識と共に、その社会は、それぞれ異なった意見、主張を持つ人格としての個人の集合体であるという認識を必要とします。こうしてはじめて、相互が主張すべきは主張し、譲るべきは譲るバランスのとれた社会が可能となるのです。

とかく利己主義、自分主義に走りがちな自分を戒《いまし》め、自他の権利と義務を弁《わきま》えた成熟した個人主義者に成長したいと願っています。

人の意見を聞く

「親の意見となすびの花は、千に一つも無駄はない」という諺を引き合いに出し、口答えをいっさい許さなかった母親に育てられた私は、幼い時は、一見、人の意見によく聞き従う子どもでした。

ところが十代後半ともなると、親にも批判的になり、それまで抑えつけられていたものが一挙に噴き出して、今度は無闇《むやみ》やたらに自己主張する人間に変わってしまいました。

好きな人の意見なら、素直に聞くけれども、嫌いな人の意見には耳を貸さない、または、相手が嫌いというだけで、正論に対しても反撥する私でした。その私に、意見というものは、「相手」を離れて、客観的に受けとめるものだと教えてくれた人がありました。「誰がいおうと、正しい意見には従いなさい。間違った意見に従う必要はない」と、その人は、はっきりいってくれました。

相手の意見を検討するためには、まず自分が自分なりの意見、判断を持っていなくてはなりません。さらに、自分の考えのみが正しいとは限らないという謙虚さと、他人には他人の考えがある、という相手の人格への尊敬も必要です。

自分の意見がそうであるように、他人の意見もまた、その人が辿ってきた人生の歴史から生まれたものであり、その人の価値基準に基づいて形成されているということを、頭に入れて聞くことが大切です。

いくら人の意見を聞いたとしても、最終的に決断をくだすのは、他ならぬ自分であり、したがって、その決断の結果に対する責任は、あくまでも自分が取らなければならないのだという厳しさも、忘れたくないと思います。

自分が「聞きたくない意見」をいってくれる人を大切にしないといけません。そういう意見こそは、案外、自分の取るべき道を、より明確にしてくれるものだからなのです。

むなしさ

阪神大震災に遭って、長年自分が集めてきた高価な食器を全部壊されてしまった人が、しみじみといいました。「もう二度と、高いものを買い集めようとは思いません。毎日の食事に必要なものだけで十分です」。これは、平穏無事な時には考えられなかった〝むなしさ〟を味わった人の言葉です。

また、別のむなしさを今も味わっている人がいます。この人は結婚して十年も経った頃から、倒れて寝た切りになった姑の世話をすでに二十年近くしている人ですが、そのために外出もままならず、自分の時間というものをほとんど持てないでいます。しかも、夫からも、夫の兄弟姉妹からも、そして、姑自身からさえも、優しい言葉、ねぎらいの言葉をかけてもらっていないのです。「私の人生は、いったい何なのだろうと思います」。

一生懸命尽くしているのに報われないどころか、認めてさえもらえないむなしさ、一方、自分の人生は刻々と失われてゆくことへの焦りが、この短い言葉の中に溢れています。

私たちの誰しもが、種類こそ異なれ、何らかのむなしい思いを味わってきているのではないでしょうか。それは、人間が人間である限りついてまわるものなのです。仏教では、この世を「露の世」と呼んで、はかないものと観じ、人間に諦めを教えています。

キリスト教もまた、この世でもてはやされる名誉、地位、権力、財宝等が、永遠の生命という、かけがえのない大切なものに比べられた時、いかにむなしいものであるかを教えてくれています。

〝むなしさ〟を味わうことなく、一生を過ごすことができるとしたら、それは幸せなことです。しかし私たちは、むなしさを通してのみ、むなしくないものの存在に気づくことが多いのではないでしょうか。この世の中には、かくて、無駄なものは何もないのです。無駄にしないよう心掛けて生きてゆきたいものです。

試練の中で

ある夜のこと、一人の男が夢を見ました。夢の中で彼は、主イエスと砂浜を歩いていたのです。突然夜のとばりの中に、彼が歩いてきた人生が映し出され、その軌跡として二組の足跡《あしあと》が記されていました。主の足跡と自分の足跡と。最後のシーンを見終わった時、男は気づきました。「おかしいな。私が苦しんでいた時期に限って、足跡は一組だけだった」。そこで彼は傍らのイエスに尋ねます。

「どうして私があなたを一番必要とした時に、私をお離れになったのですか」

イエスはお答えになりました。

「いとしい我が子よ。私は片時もお前の側を離れたことはない。お前が見た一組の足跡は、私のもの。私はその時、お前を腕の中に抱いていたのだ」

これは「砂の上の足跡」という詩の内容ですが、試練にさらされる私たちに、大きな慰めをもたらしてくれます。なぜなら、私たちが神から見離されたかのように思う時、実は神は最も身近にいてくださるからなのです。

若い時、こんなことを教えていただきました。「あなたの心がチクチクと痛む時、茨の冠をかぶったキリストの頭が、あなたに触れているのだと知りなさい。あなたが血まみれになっている時、その血は、キリストの返り血を浴びている証拠なのだ」と。

人から慰めてもらえる試練もあれば、人知れず苦しまないといけない試練もあります。そのいずれの場合も苦しいことに変わりないのですが、そのような時こそ、「主がいつもより、いっそう近くにいてくださる」と信じることで、どれだけ救われたことでしょう。

聖パウロもいっています。

「神は、耐えられないような試練にあなたがたを遭わせるようなことはなさらず……試練と共に、抜け出る道をも用意してくださるのです」

主イエスは、今日も、試練の中にある私たちを、優しくその腕に抱いていてくださるのです。

しっかりと立つ

子どもたちが自立するためには、まず母親が自立した一人格として生きることが必要です。それは決して、パートで働いたり、職業を持って経済的・社会的に自立することだけを意味するのでなく、精神的な自立です。

昨年（一九九九）の暮れ近くに〝春奈ちゃん事件〟という痛ましい出来事がありました。多分、幼児を持つ母親たちにとって他人事とは思えなかったのではないでしょうか。幼児を殺害した母親の次の言葉が身に沁みました。「相手の母親と自分との間に、言葉に表せない心のぶつかりあいがありました」。

私たちは皆、多かれ少なかれ、他人との間に心のぶつかりあいを持って生きています。子どもの通う幼稚園の母親同士の間にせよ、職場の中、家庭の中、修道院の中にせよ、自分と異なる他人の心とぶつかることがあるものなのです。

体をぶつけられた時、しっかり立っていないと、よろけたり、倒れて怪我をしたりするように、心同士がぶつかった時も、自分がしっかり立っていないと駄目なのです。立っているとはどういうことかというと、自分の世界をしっかり持っていて、他人によって安易に振り回されたり、流されることの少ない自分であるということなのです。

私たちは、根も葉もないうわさや中傷に一喜一憂していないでしょうか。他人の思惑を気にしすぎていませんか。一寸相手が自分にさわっただけなのに大げさに倒れたり、わめいたりしていないでしょうか。または、自分の方から相手にわざとぶつかっていませんか。ぶつかられて転んでいる人を優しく助け起こしているでしょうか。

雨の日には雨の中を、風の日には風の中を　（相田みつを）

雨の日にも風の日にも、しっかり立って、美しく咲く一輪の花でありたいものです。

V

大切なものは目に見えない

強く生きるヒント

第二次世界大戦中にナチスに捕えられて収容所に送られ、ガス部屋で殺される恐怖を絶えず味わいながら、九死に一生を得て終戦を迎えた人に、ヴィクター・フランクルというオーストリアの精神科医がいます。

この人がその後書いた『夜と霧』『死と愛』という本の中には、この収容所体験をもとに、極限状態に置かれた人間が、いかにして生き続けることができたかについて書かれています。

同じ苛酷な状況のもとにありながら、最後まで生きのびた囚人もいれば、力尽きて死んでいった人々もいました。その両者を分けたのは、決して体の頑強さではなかったのだとフランクルは述べているのです。

では、何だったのでしょうか。それは、「希望」の有る無しでした。「この戦争はいつか必ず終わり、妻子に再び逢える」という希望、「戦争が終わったら、やりかけていた仕事を完成しよう」という希望——それは、収容所の中にいて、ほとんど夢のようなもの、実現不可能と思えるものでした。にもかかわらず、その希望を持ち続けた人々のみが、生きて終戦を迎えることができたのでした。

フランクルは、この事実から、人間を生かすものは「意味」であることに気づき、ロゴセラピーという心理療法をあみ出しました。つまり、自分が生きていることに意味が見出せている間、人は生きてゆく強さを持つが、その意味を喪失した時、人は生きる希望と勇気を失うというのです。

いつ自分がガス部屋に送られるかわからない恐怖というのは、多分、死刑囚のそれと同じでしょう。すべての自由を奪われ、重労働を課され、人間以下の扱いを受ける毎日の中で、正気を失うことなく生きてゆくためには、希望が必要であり、自分が生きていることの意味が絶えず確認されていかなければならなかったのです。

一人の囚人は、何度か高圧電流が走っている鉄条網に自ら触れて自殺してしまいたい衝動にかられました。この人がその衝動に打ち克てたのは、彼が結んでいた「天との契約」に他ならなかったのです。

「天との契約」、それは、自分の苦しみ、死さえも、意味あるものとしたいという切なる願いの表れでした。この囚人は神と契約を結んだのです。

「私は、収容所での苦しみを喜んで苦しみますから、その代わりに、私の愛する母親の苦しみを、その分だけ和らげてやってください。もし、ガス部屋へ送られて死なねばならないとしたら、どうぞ、私の生命の短くなった分だけ、どこかの収容所に入れられているだろう母親の命を長らえさせてください」

自分の苦しみも死も無意味なものとならないという希望に支えられて、この人は終戦までの地獄のような日々を生き続けることができたのでした。

強く生きるヒントというものは、いろいろあることでしょう。人によって違うかも知れません。しかし、すべての人に共通な〝生きる勇気を与えるもの〟とは、その人の存在には意味があるという確信ではないでしょうか。

最近一人の卒業生から手紙をもらいました。その人はいわゆるエリート社員と結婚したのですが、夫は毎日のように帰りが遅く、せっかく心をこめてつくった夕食は「ミイラのようになってしまう」毎日でした。その上、夫は、子供は要《い》らないという。「私の存在価値はいったい何なのだろう」と悩んだその人は自殺も考え、精神科に入院したのでした。

そこに現れた一人の男性があって、自分をありのままの姿で受け入れてくれ、かくて心の傷を癒された卒業生は、夫と離婚して、その男性と再婚した由《よし》が書かれていました。

「私を癒してくれたのは、有名な○○病院の精神科教授ではなくて、今の夫の愛でした」という言葉が、私には重く受け止められました。この人は自分の生きる意味を見出し、今、希望に満ちて幸せなのです。

人間が逆境においても、挫折を経験しても、そこから起き上がって生きてゆくためには、自己鍛錬、意志の力も当然のことながら必要です。しかし、その力さえも失いそうな時に、自分を支え励ましてくれるのは、やはり「愛」ではないでしょうか。

ニーチェという哲学者が、次のように言っています。

「生きるべきなぜ（why to live）を知る者は、ほとんどすべてのいかに（how to

live）に耐えうる」

自分が自分の人生に意味が見出せる時、そこには生きる希望が生まれます。そして生きてゆく勇気も与えられるのです。そのためには、愛するものを持ち、愛される経験が必要です。それを、〝生きがい〟といいます。

「人に、生きがいを与えるほど、大きな愛はなく、人から、生きがいを奪うほど、残酷なことはない」という言葉が思い出されます。

名前を呼ぶ教育

「おはようございます、○○さん」と、前から歩いてくる学生に声をかける。するとその時まで無表情だった学生の顔が明るくなり、何ともいえず嬉しそうな顔で挨拶を返してくれることがある。それはまるで、廊下を歩いていた一つの個体が、自分の名を呼ばれて人間にたち戻った瞬間といってもいいかも知れない。

大学に配属されて多くの学生と接するようになった時、あらためて名前を覚えること、そして名前で呼ぶことの大切さに気づかされた。そんな時、思い出されるのは、昔習った一人の教師の姿である。

私が四谷のミッション・スクールに通いはじめて三年ほどたった頃、第二次世界大戦がはじまった。ものみな日本色ひといろにぬりつぶされた中には、それまでフランス人だった校長の更迭《こうてつ》と、それに伴う若い日本人修道女の就任があった。生徒たちとピンポンに打ち興じることもあったその人が、肩書きもいかめしい校長になられた時、「お若いのに、しかも戦時中に大変だね」という母たちの言葉をそのまま、「大変なことだ」と思ったものである。その人は生徒の名前を驚くほど良く覚える人だった。そして用事をたのむ時なども、「〇〇さん、おねがいします」「〇〇さん、どうもありがとう」とていねいに名前を呼んでいわれるのが特徴だった。

もう一つ、この人について覚えていることは、こちらから出した手紙に、忙しくても、そして時日がたってからでも必ず自筆で礼状を書かれることだった。時候の挨拶程度の葉書にまで自筆の返書を受けとって恐縮したものである。しかしながら、こういう小さい心づかいが、相手に、自分では気づかなかった己れの価値にめざめさせることがあることを、この人は教えてくれた。

「かれは自分の羊のおのおの名を呼んで外にひき出す」という聖書の句は、あの、キリストが重大声明をされる前にいつも出てくる「まことにまことに私はいう」という荘重な前置きにはじまっている。「門から入らず、ほかの処《ところ》からのりこえて羊の柵の中に入りこんで来るのは盗人であり、掠奪者である。門から入るのは羊の牧者である。すると門番はかれのために門を開く。羊はかれの声を聞き、かれは自分の羊のおのおのの名を呼んで外にひき出す」（ヨハネ10・1—3）。

私はこの善き羊飼いに教育者の姿を見てもよいのではないかと思う。牧者は羊を盗み、掠奪するため、つまり私利私欲のために来るのではなく、「羊たちに生命を、それも豊かな生命を得させるために来る」（ヨハネ10・10）。そしてその豊かな生命は、羊が日々おのおのの名前で呼ばれ、ひき出されることのくりかえしを通して得られてゆくのである。

教育という言葉の語源に「ひき出す」という意味があることはよく知られているが、それは単なる能力の開発に終わってはならないのであって、真の教育のめざすところは、一人ひとりがユニークな自分になり切ること、自己の可能性を実現することにある。そして可能性を実現するために必要な条件は、「名前で呼ばれること」、つまり、他と比較できない独自の価値、独自の生活を持った一人として愛されてゆくことなのだ。

カール・ロジャースが彼のカウンセリング理論の中で、人間一人ひとりには、たとえ目に見えなくても、成熟に向かって前進する力と傾向性が必ず存し、それがある適切な心理的風土に恵まれるならば、潜在可能性から現実性に足をふみ出す。したがって、カウンセリングはこの適切な心理的風土、つまり、相手をありのままで受け入れる許容の雰囲気をつくり出すことによって、本人に成熟への道を自ら歩ませることにあるということを述べている。

ところで、文明は日に日に進み、科学、技術はめざましい発展をとげている中で、いちばん立ち遅れているのは人間関係の分野ではないだろうか。人間そのものについては、医学的、心理学的、社会学的にも多くの事実が解明されて来ているというのに、「相手をありのままの姿で受け入れる」という人間同士の基本的姿勢、そして人間の成長、幸福の土台となるもっとも基礎的なことについては、何の進歩もないばかりか、むしろ後退している感すらするのである。

自分のことを考えてもわかるように、人間一人ひとりは心底から自分自身になり切りたいと願っている。背伸びをしつづけていることにくたびれ、よそ行きの自分の姿にやり切れない思いをしている。にもかかわらず、本当の自分の姿の周囲に分厚い防禦壁《ほうぎょへき》をはりめぐらし、たえず身構えているのはなぜだろうか。「見破られはすまいか」と脅威を感じながら、いつも気を四方に配っていなければならないのはどうしてであろうか。

それはやはり一方では自分が内部に「人に見せたくないもの、見せられないもの」を蔵しているからであり、他方、それを見られたが最後、受け入れてもらえなくなるという意識を持っているからであろう。蔵しているにもかかわらず蔵していないかのように振舞うところに無理が生じ、ボロを出すまいと気をつかうことに疲れ、正体をあばきそうになる相手や話題を避けてゆかねばならない不自由さを味わい、見破られる危険を感じては攻撃的になることさえある。開かれた自分、自由で大らかな自分であるためには、まずこのような「見せかけの自分」と「ありのままの自分」の間にあるギャップを検討し、とりのぞいて行かなければならない。

ところで、この、ありのままの自分を見つめることをいちばん恐れているのは、実は自分自身だということに気づく必要がある。見てしまったら愛せなくなってしまいそうで恐ろしいのである。私たちはまず、自分を愛することを習わないといけないのだ。自分でさえ愛せないものを、いったい誰が愛してくれるというのだろう。キリストは「あなたたちは、自分を愛するように他人を愛しなさい」といわれた。

自分を愛するということは利己的に生きるということではない。むしろ反対のことである。利己的に振舞わなければならない理由は、自分の貧しい姿、みじめな立場を見つめることができず、そんな自分を愛することができないがゆえに、たえず、自分を他人よりも優位に置き、多くを持つことによって安定感を保っていようとして取る態度なのである。

ところが、自分をほんとうに愛する人は、みじめな自分、嫌な自分、傷いっぱいの自分をもいたわることのできる人である。どんな自分にも愛想をつかさないで、この世にたった一人しかいない自分、しかも一回限りの人生を生きている自分を大切にすることのできる人である。

物質的繁栄と技術の革新は、私たちの生活に次々に新しいもの、便利なものを提供している。物質的なぜいたくになれた私たちは、人間関係においてもわがままになってしまった。相手をありのままの姿で受け入れようとせず、各種の条件をつけるようになった。「こういう人ならば」「こうである限り」といった条件つきで人を受け入れ、愛していることがあまりにも多いのではなかろうか。

一方、愛され受け入れられるために、涙ぐましいほどの努力をして、相手の条件どおりの自分であろうと背伸びし、よそ行きの自分をとりつくろうのだ。とりつくろえる間はまだいい。それにも疲れてしまった時、内も外もボロボロの、無価値としか思えない自分がそこにある。そういう人に、今一度生きる力を与えることこそが真の愛なのだろう。

自分でさえ、汚い、みにくいと嫌い、隠していた傷口を「見せてごらん」と自分の手にとり、薬をぬり、うみを取り、包帯を巻いてくれる人を自分の身近に持つ人は幸せである。こうしてはじめて、私たちは、自分のみにくさを見つめる勇気を得ることができる。愛してくれる人とはそういう人である。ほれぼれとする姿だけでなく、どんな姿においても、そのみじめさ、みにくさをも、共に見つめてくれる人である。

その時はじめて私たちは、自分がそれほどダメでないこと、卑下しないでよいことに気づくのである。愛されて、私たちは、愛すべき人に変身してゆく。そして、やがて愛されるに価《あたい》するものへと成長してゆくのだ。それは見せかけの成長ではなく、ありのままの自分をあたたかく見つめ、そこから出発する着実な成長である。

かつてキリストがある町においでになった時、全身にハンセン病をわずらった人がいたが、おそばに来てひざまずき、自分の身体を見せた。キリストはあわれに思って癒しておやりになり、「誰にもいわないようにしなさい。ただ司祭のところに自分を見せに行き、恢復《かいふく》の証拠として、モーゼが命じたものを捧げ、人々への証しとしなさい」(マタイ8・2―4)と命じたという。

この病人は、自分の「身体」をキリストに見せることによって癒された。そしてキリストに見つめられることによって、他人にも見せることのできる身体になったのである。それまで汚れたもの、恥ずかしいものとしてしか考えられなかった自分は、優しくそれを見つめ、受け入れるまなざしに会ったことによって、すでに「愛されたもの――愛すべきもの」に変わっていたのであった。

人間の可能性は、他と比較できない独自の価値において愛されることによってひき出される。善き牧者が、自分の羊を「おのおのの名を呼んでひき出す」時、そのまなざしは、ユニークな一匹ずつへの愛に溢れていたに違いない。

名前で呼ぶということは、番号で呼ばないということである。それは他の誰でもないその人をその人と認めることであると同時に、「あなたは、他の誰にもならなくていいのですよ。あなたにしか送れないあなたの人生に、自分にしかつけられない足跡《あしあと》をつけてお生きなさい」ということでもある。

かくて、名前を呼ばれることによって、その人は他と比較できないユニークな存在としての自分の価値にめざめてゆくのである。名前で呼ぶということは人間の人格化に欠かせない要素となるのだ。

ガブリエル・マルセルが人格について次のようにいっている。

「人はみな人格だというが、真に人格といわれるべきものは、自ら判断し、その判断に基づいて決断し、自分がくだした決断に対してはあくまで責任をとってゆく存在についてのみいわれるのであって、付和雷同するようでは、単なる人間であっても人格とはいえない」

人間として生まれ落ちたものは、与えられた理性と自由意志の行使によって人格と呼ばれるにふさわしいものとなってゆく。何を愛し、何を求めて生きるかによって、一人ひとりは独自の人格性を形成してゆくのである。「あなたは誰ですか」という問いに答えうるのが人格であるとすれば、人間とは、「あなたは何ですか」という問いに対する答えでしかないといえよう。コインロッカーの中に押しこめられているものは「何か」という問いで明らかにされるのに対し、押しこめた方は「誰か」と問われ、またそれに答えねばならないのである。

今日の教育は人格の教育とならなければならない。知識のつめこみ、進学勉強一本槍といった教育から、「名前」を大切にする教育、また「名前」を大切にすることを教える教育へと転じなければならない。それは人間の真の幸福、充実、豊かさというものに適《かな》った教育である。

南米に旅行した際に、未開発のきわめて貧しい地域の人たちの間に、文明社会が失って久しい人間的なあたたかさ、思いやり、かかわり合い、ほほえみを見た。牛馬と大差ない生活を営み、生活水準から言えば問題にならないそれら貧しい人々の間に、なにがなし生活の豊かさを見たように思ったのは、彼らが些細《ささい》なことに感動し、驚き、感謝する心を失っていなかったからかも知れない。

それにひき比べて、すべてを当たり前のこととして受け取り、ほとんどのことに不感症となっている私たちの生活は、文明の高度発達、成長の中にあってなおかつ貧しいといわねばならないだろう。カレル博士の、「近代文明の発達は人間をだんだん不幸にしている。それは文明が、人間の幸福ということを無視して、無軌道に発達しているからである」という警告をかみしめて、人間の真の価値、幸福を見究《みきわ》めてゆかねばならない。

　金万能、数字万能の世の中で、金で買えない、数ではかれない価値が人間一人ひとりにあることを、キリストは同じく羊のたとえで示した。

「あなたたちはどう思うか。ここに百匹の羊を持っている人がいて、そのうちの一匹が群をはなれ去ったら、九十九匹を山において、いなくなったのを探しに行かないだろうか。そしてもしそれを見つけたら、まことに私はいう。迷わなかった九十九匹よりも、この一匹のことのほうを喜ぶだろう」（マタイ18・12―13）

　羊のおのおのを名前で呼び出すキリストにとって、一匹の迷える羊は九十九に対する一ではなかった。それは名前を持ったかけがえのない一匹、他の九十九匹をもってしても代えることのできないその羊だったに違いない。それはたしかに「仕様がない」羊だったかも知れない。しかしその羊の価値は、「群と行動を共にする限り」という条件をはなれて善き牧者にはあったのだ。

神の愛は無条件である。いつだったか、迷える羊の話を聞いた一人の学生が真剣な顔で質問に来たことがある。

「もしその羊が、悪性の伝染病にかかっていたとしても、やはり牧者は探しにゆくでしょうか。他の羊に感染したらどうするのですか」

ここで忘れてならないのは、かくも深い愛には「癒す力」があるということだ。それは悪性の伝染病をも癒し、豊かな生命を与える力を持っている。

「あなたたちはどう思うか」

キリストは今日も私たちに問いかけている。数に目がくらみ、一匹をそのままにしておいて九十九匹をひきつれて行きそうな私たちに。

「夜は近きにあり。」

一九五三年から一九六一年までの間、国連にあって、数多くの国際問題にその手腕を発揮し、名事務総長とうたわれたダグ・ハマーショルドは、スウェーデンの代表的知識人、すぐれた政治家、有能な外交官であったと同時に、深い瞑想の人でもあった。「夜は近きにあり。」という句は、彼の死後発表された日記の中に、何度となく繰り返されている句である。

「夜」は、多分「死の訪れ」を指していたのであろう。そして残念ながらその予感は当たって、彼はコンゴに赴く途中、飛行機事故で五十六歳にして不慮の死を遂げたのであった。

死後、多くの書類に混じっていた彼の日記は、『道しるべ』（英語の書名は“Markings”）として発刊された。彼が生前、友人宛の手紙の中に書き記していたように、この日記は「自分自身のために」、忙しい公務のかたわら、「万難を排して」書かれていたものであって、それは彼の精神的歩み、神との対話の記録であり、そこには自らの内面的葛藤、人間の存在、人生の意味についての深い洞察が記されている。自らが果たした政治的、行政的活動に触れた個所はいっさいない。

「夜は近きにあり。」という句は、賛美歌の中の一句であり、ハマーショルドの母親が、毎年大晦日にこの詩を朗誦するならわしだったという。それもあってか、日記の中に度々現れるこの句は、いつもその年の初めに出てきている。

「夜は近きにあり。」そう、またひととせを重ねた。そして、もしきょうが最後の日であるとしたら！

日は日にあいつぎ、われわれを容赦なく前へ前へと押しやってゆく。――この最後の日にむかって。（一九五一年）

ハマーショルドは、修道僧でも、砂漠の隠遁者でもなく、後世にその名を残す有名な外交官であった。その在任中、中近東、スエズ、ハンガリー等の諸問題に続くコンゴ危機に対処し、その任半ばで、搭乗機の墜落により死亡したのである。

彼をして偉大な人物としたのは、数々の問題を処理した業績でもあったが、それ以上に彼が「祈りの人」であったことによる。祈りは彼に、個人的利益、名誉の一切を捨てさせる潔さと同時に、己れの信念のために決然として立ち上がる勇気を与えたのであった。

ニューヨークにある国連本部内の一室が、瞑想室に当てられたのは、彼の発議によるものであった。その部屋は、「外界の感覚の静寂さと、内面の感覚の平穏さのために捧げられ、そこでは、部屋の扉は思索と祈りの無限の国に開かれうる」のであった（『道しるべ』の序文より）。

スエズ危機、ハンガリー危機があった一九五六年四月の日記に、ハマーショルドは、次のように記している。

理解する――心の静けさをつうじて

行動する——心の静けさから出発して
かちとる——心の静けさのうちに

忙しさに追われて、仕事を片付けること、doing に心を奪われ、自分の心のたたずまい、being を見つめることを忘れがちな私たちに、ハマーショルドは、「行動に先立つ心」の大切さを示した人であった。この「心の静けさ」こそは、私たちが日々の生活の中での問題を理解し、行動を起こすに当たって、結果を「かちとる」ために必要な心のありようなのだ。

「夜は近きにあり。」という認識もまた、彼の生活を正すものであった。

夜は近きにあり……
日々、これ初日——　日々、これ一生。
（一九五七年）

夜が近いがゆえに、与えられた一日一日を、残された人生の第一日目として新しく迎えること、そして、その一日が一生であるかのように、日々をていねいに生きようとしたのである。

一九五二年の日記にはこう記されている。

「夜は近きにあり。」道のなんとはるけきことよ。しかし、この道を辿るために要した時間は、道がどんなところを通っているかを知るのに、私にとって一瞬ごとにいかに必要であったことか。

この一文から、ハマーショルドが己れの「夜」に向かって歩いてゆく道の一瞬ごとを、いかに重要なものと考えていたかをうかがい知ることができる。彼はいつも、「夜が近くにある」ことを意識しつつ、「心の静けさ」のうちに、一つひとつのことを〝受諾〟していったのだった。

彼の人生に対する〝受諾〟の意志は、日記にちりばめられた「よし」という言葉に表されている。この言葉は、国連事務総長に就任した一九五三年の日記に多く見られる。

人生に「よし」ということは、同時に自分自身に「よし」ということでもある。

（一九五三年）

自分の身に起こるすべてのこと、または、責務として与えられるすべての任務に対して「よし」（英語の原文 Yes）と受諾する勇気は、ハマーショルドが、すべての事物の中に神の摂理を見て、それに信頼していることによってのみ可能だったのであろう。かくて彼は、捕われない心の持ち主でもあったのだ。

自由であること、立ちあがって、いっさいをあとにして去れること——しかも、ただの一目も振り返らずに。「よし《ヤー》」と言えること。

（一九五三年）

「いっさいをあとにして去れること」について、彼は、こうも書いている。

いつでも立ち去る用意のできていない部屋では、埃が厚くたまり、空気はよどみ、光はかげる。

（一九五〇年）

これは必ずしも、物質的な部屋の状態のみを指していったのではなく、いつ訪れるとも知れない「夜」を迎える準備ができていない「心」の状態を指したものでもあろう。

ハマーショルドの行動の原動力には、祈りと瞑想があり、やがて迎えねばならぬ「夜」への準備があった。

知られている限り、彼はどの宗派にも属さなかったというが、彼がその最後の旅となったコンゴにたずさえて行ったのは、トマス・ア・ケンピスが書いた『キリストに倣《なら》いて』という一冊の書物であった。

彼の死後四十年近い歳月が流れ、世界は相も変わらず多くの紛争と国際問題を抱えている。

ハマーショルドが残した日記は、これら諸問題の解決に当たっている人々に多くの示唆を与えると共に、平凡な生活を営む私たちが日々の忙しさの中で忘れているものがあることに気づかせてくれるものである。

その〝忘れもの〟とは、一人の例外もなく、それぞれに「夜」は近づいているということであり、その「夜」をふさわしく迎えるために、与えられている「昼間」を、〝慎み深く〟過ごすということである。

（鵜飼信成訳『道しるべ』を参考にした）

死を考えながら生きる

「生あるものは必ず死ぬ」と言われるように、私たちは、生まれた瞬間からすでに、自分の死に向かっての旅をはじめている、といっても過言ではありません。にもかかわらず、死を恐ろしいもの、忌むべきものとして、できるだけ考えまいとして生きているのが、現実ではないでしょうか。

たしかに、死は私たちの生きる時間を制限してしまう悲しいものですが、同時に、私たちの人生に意味を与えてくれるものでもあるのです。もしも死がなかったとしたら、私たちは、生きている間に、しておかなければならないことが、なくなってしまいます。

旅行をする時に、荷物を「一個だけ」と制限されて、はじめて、旅の目的に真に必要なものから優先順位をつけて、品物を選ぶのではないでしょうか。死という制限があるからこそ、私たちは、この世で、何を大切にして生きねばならないかを考えさせられるのです。

かくて、私たちには絶えず旅の目的を明確にしておくこと、その目的に沿うプライオリティ（優先順位）を忘れずに生きることが求められています。

この世における旅の目的は、永遠の生命に至る門に辿りつくことです。死はたしかに、この世での生命の終わりを意味しますが、それは同時に、新しい生命への門出でもあります。辛く、苦しいことの多かった人生を終えて、「ご苦労だったね」とねぎらってくださる神のみ手に抱《いだ》き取られ、その許《もと》で永遠の安らぎに入る瞬間でもあります。

私たちと同じ人間として生まれ、死んでくださったキリストは、私たちに、何を大切にして生きたらよいかも教えてくださいました。

「まず、神の国とその御旨《みむね》を行う生活を求めなさい。そうすれば、必要なものは皆、加えて与えられる」（マタイ6・33）

死を考えながら生きるとは、ここに示されたプライオリティを大切にして生きる、ということではないでしょうか。

尊厳死とは何か

尊厳ある死とは、いったい何を指していうのだろうか。眠るがごとき大往生がそうなのだろうか。それとも、死に際の有り様はどうであれ、それまでの日々を、本人が充実した時間を過ごした場合のことをいうのだろうか。

一般にいわれていることによると、広義の尊厳死とは、「死のうとする人が、尊厳のうちに死ぬ」ことであり、狭義の尊厳死とは、「回復の見込みのない末期患者を、いたずらに延命させることなく、苦痛の除去は行うが、患者を尊厳のうちに安らかに死なせる配慮の結果としての死」をいうのだそうである。

かつて人は、畳の上で、天寿を全うするのが当たり前であった。ところが、医療の発達に伴い、延命治療が可能になった結果、また医師たちが、死を〝敗北〟と考え、一分でも一秒でも患者を生かしておきたいと考えるようになったところに、「尊厳死」の必要性が生まれたのである。つまり、無意味な延命をしてほしくない、機械につながれて生きているだけの惨めな姿を取りたくないという願いであり、間近の死が宣告されたなら、せめて残された日々を〝自分らしく〟生きたいということであろう。

それは、「自分の一生の終え方を、自分で選択したい」という一人格としての人間の願いを尊重することでもある。ホスピス、ビハーラと呼ばれる施設は、末期医療を受けているそのような人々の願いに応えるべく、痛みの除去と、キュア（治療）よりも、ケア（心づかい）を優先する場として、各地に建設されつつある。しかしながら〝尊厳ある死〟というものは、果たして本人の思い通りに得られるものなのだろうか。

末期患者が、または私たち一人ひとりが、リビングウィル（生前に自分の死に方について書く遺言）を書くことによって、自分が望まない延命治療を断ることはできるだろう。だが、延命治療を受けないこと、イコール〝尊厳ある死〟とは必ずしもゆかないのだ。かくて、「尊厳のうちに死ぬ」とはどういうことなのか、そうするために、どうしたらよいかということが問題となる。

死は、いつ、いかなる形で訪れてくるかわからない。「死は盗人のように来る」といわれているが、昨今のように、通り魔、覚醒剤の服用者による理由なき殺人、交通事故、地震等の突発的な死が多くなってきている時、果たして、私たちが青写真に描いたような〝尊厳のうちの死〟が得られるかどうか、心もとないのである。また、夜、寝床について、翌朝必ず目覚める保証は、誰にもないのである。

その意味で、私たちは、末期癌であるなしにかかわらず、一人残らず、今、ホスピスに入っている。もっと激しい譬《たと》えをあげれば、全員、死刑囚として服役しているといってもよい。いつ呼び出されて、死と向き合わないといけないかわからない日々を生きているからである。〝尊厳ある死〟を迎えたいと願うのは本人の自由であるが、願ったからといって、可能になることでは必ずしもないのだ。

そこで、せめて私たちにできることは、死を絶えず「身近なもの」として忘れない生き方であり、できることなら、あまり見苦しい死、または長い間、他人に迷惑をかけない死を祈り、願うこと、いつ死を迎えても良いような日々を送ることだといえるかも知れない。

十八歳で洗礼を受け、カトリックの祈りを唱えるようになった時、私はなぜ聖母マリアに対しての祈りの中に、「天主の御母聖マリア、罪人なる我らのために、今も臨終の時も祈り給え」とあるのかがわからなかった。〝今〟を護《まも》ってくださいというのはわかっても、なぜ、死に直面してもいないのに〝臨終の時も〟と、早手まわしに祈らなければならないのだろうと思ったものである。若かったのだ。人は、自分が願うようには必ずしも死ねないということ、また、死の瞬間がいかに大切かということがわからないほど、若かったのだ。

生命の質――今日をどう生きるか

末期癌等、残された日数がある程度限定された人々についてよくいわれる言葉として、ＱＯＬ（Quality of Life 生命の質）がある。延命治療によって得られるかも知れない生命の量の増大を、自ら拒否した人たちが望む生命の質の維持、向上である。

今、ターミナルケアを受けていない私たちも、我が身をホスピスの中にいると観じ、生まれた時から死刑の宣告を受け、その執行を待つ身であると肯定できるとすれば、私たちにとっても〝生命の質〟は、他人事ではない。いつこの生命にピリオドが打たれるかわからないからである。かくて私たちには、今日をどう生きるか、今という時間をどう過ごすかが問題となってくる。

繰り返していうが、私たちの生き方が、そのまま死に方になるという保証はない。生涯をハンセン病者のために働くことに捧げた立派な方が、大そう惨めな最後をお遂げになったという事実もある。

わからないから「いい加減」に生きてもいいではないか、というのも一理ならら、わからないからこそ「ていねい」に生きる、というのにも一理がある。私は後者を選ぶ。

では、ていねいに生きるということは、どういうことなのだろう。私には、一人の若い司祭が、初ミサを立てるに当たっていった言葉が心に残っている。「僕は今日から、何千回、何万回とミサを立てるだろう。その一回一回を、最初で、唯一で、最後のミサであるかのように立てたい」

つまり、習慣的、惰性的、単なる繰り返しでないミサにしたい、新鮮さを失いたくないということだった。

この言葉を聞いてからもう三十余年になる。果たしてこの司祭が、今もこの心を保ち続けているかは知るよしもない。しかしこのような緊張感こそは、私たちの平凡な生活を活力あるものとし、〝死〟を、時折にせよ、意識して生きる秘訣の一つにするものではなかろうか。

聖アウグスチヌスも、「神の千年は一日である。一日は今日である。今日は今である」といって〝今〟の永遠性にふれている。柳宗悦《やなぎむねよし》の『心偈《こころうた》』によると、〝一期一会《ご え》〟ということは、「今ヨリナイ」という覚悟だという。「一大事とは、今《こん》日《にち》ただ今のことなり」といった古人もいれば、「一度失敗して、やり直しをしているかのようにていねいに生きたい」といった私の卒業生もいる。

美しい死

このように〝今〟に心を込め、ていねいに生きたからといって、必ずしも〝尊厳ある死〟を迎えられるとは限らないということは、反対に、相当いい加減の生活をした挙げ句の果てに、すてきな死にざま、〝美しい死〟を迎える可能性をも示唆する。

遠くは、キリストと共に十字架につけられた盗賊の一人がその例に挙げられる。はりつけにされるくらいだから、悪事にまみれた一生だったのだろう。しかし、その臨終においてキリストから、「はっきりいっておくが、あなたは今日わたしと一緒に楽園にいる」（ルカ23・43）と、これ以上ない〝尊厳〟を与えられてこの世を去ったのであった。〝天国泥棒〟の第一号とされているが、その死にざまにもかかわらず、それは美しい死、人もうらやむ死であった。

美しい死で思い出すのは、マザー・テレサのことである。一九八四年来日の際のことであった。聴衆に話し終えられたマザーに一つの質問が投げかけられた。その男性は、自分はマザーとその仕事に深い尊敬を抱いていると前置きした後、「一つ腑《ふ》に落ちないことがある」というのだった。「あなたのところでは、医薬品も人手も不足がちだというのに、なぜその貴重なものを、生き返る見込みのある人々にではなく、与えたところで、死ぬに決まっている瀕死の人々に与えるのですか」。

言外には、「無駄ではないか」という素朴な疑問があったと思う。マザーの答えは、はっきりしていた。

「私たちの『死を待つ人の家』に連れてこられる人々は、路上で死にかけているホームレスの人々です。彼らは、私たちの『家』で、生まれてから一度も与えられたことのない薬を飲ませてもらい、受けたことのない優しく、温かい手当てを受けた後、数時間後、人によっては数日後に死んでゆきます。その時に彼らは例外なく『ありがとう』といって死ぬのですよ」

マザーがいいたかったのは、望まれないで生まれ、人々から邪魔者扱いされ、生きていてもいなくても同じという思いで数十年生きてきた人々、自分を産んだ親を憎み、冷たい世間を恨み、助けの手を差しのべてくれなかった神仏さえも呪って死んでもいいような人々が、「ありがとう」と、いまわの際に感謝して死んでゆく。そのために使われる薬も人手も、これ以上尊い使われ方はないのではないか、ということだった。

話し終えたマザーは、感にたえたように、"It is so beautiful."(それは本当に美しい光景です)と呟き、その後で静かに、「人間生きることも大切ですが、死ぬこと、それも良く死ぬことは、とても大切なことです」といわれたのであった。通訳をしていた私は、あの異臭の漂い、蠅の飛び交う、粗末な建物の中での〝美しい死〞、惨めな一生の最後に、〝尊厳〞を身にまとって死んでゆく人々の姿を教えられた思いであった。

人生のしめくくり方

「人は、生きたように死ぬ」とよくいわれる。その確率がどのくらい高いのかは知らない。人生というものは、予想できないしめくくりを迎えることが多い。善業を行ったから必ずしも、外見上の大往生を遂げるとは決まっていないし、悪いことを沢山した後にも、安らかな死があることを、私たちは経験で知っている。たしかなことは、いずれの場合にも、限りない神の愛があるということだ。

キリスト自身の場合も、善いことしかしなかったのに、極刑に処せられ、「他人は救ったのに、自分は救えない」（マルコ15・31）と叫ぶ群衆の罵詈雑言《ばりぞうごん》のうち、弟子たちにも裏切られた末、十字架の上で、見るも無惨な死を遂げている。イザヤは、「彼の姿は損なわれ、人とは見えず、もはや人の子の面影はない……彼は軽蔑され、人々に見捨てられ」（イザヤ52・14、53・3）たと、人間の尊厳からは程遠い救い主の死を預言し、その預言はキリストにおいて成就したのであった。尊厳を補って余りある神の愛が働いたのだ。

私の父も、外見上〝尊厳ある死〟とはいい難い死にざまであった。四十三発の軽機関銃の弾丸を受けた体は蜂の巣のようになり、肉片は天井にまで飛び散っていた。しかもクーデターが早朝であったために、軍服姿ではない、寝巻姿で殺されたのである。

その父の死の一部始終を、同じ部屋にいて唯一人見守り、見届けた娘の私は、父が逃げ隠れすることなく、三十余名の〝敵〟を相手に死んだことを〝尊厳ある死〟と誇りに思っている。ただ、父が、果たしてあの日、あの時刻に、自宅で、幼い愛娘の目の前で、あのようにして自分の人生をしめくくることになろうと考えていただろうかについては、わからない。死は、思いがけない姿で思いがけない時にくる。

母もまた、思いがけないしめくくり方で八十七歳の生涯を終えた。「他人《ひと》さまの世話になりたくない」が口癖で、そのように事実生きた人だったが、死ぬ前の一両年は赤子のようになり、自分が一番嫌った〝他人さまのお世話〟になって亡くなった。訪ねてきた自分の娘もわからず、徘徊《はいかい》しないようにロックされた部屋の中を、うつろにさまよう母の姿は、外見上は人間の〝尊厳〟を失った姿でしかなかった。死にざまは思うようにならない。

委託する心

このようなさまざまの死を思う時、尊厳ある死を迎えるための準備も大切だけれども、そこには、自分がどう生きるかということ以上の、「思《おぼ》し召し」と呼ぶものに委《まか》せる心が大切なように思えてくる。

全能の父なる神が、その最愛の御子に、十字架上の死という人間の尊厳から程遠い死に方をお許しになり、むしろお望みになったということを、私たちは忘れてはならない。〝きれいな死〟を望む心を持つことは構わないが、その時でさえ、私たちはキリストの、ゲッセマネの園での祈りを忘れてはならないのだ。

処刑の前夜、キリストはこう祈られた。「父よ、御心なら、この杯をわたしから取りのけてください」。そして、こうつけ加えられたのである。「しかし、わたしの願いではなく、御心のままに行ってください」（ルカ22・42）。自分の思いのたけを素直に述べた後のキリストには全《まった》き委託の心があった。

尊厳ある死を迎えるために、私たちは何をしたらよいのだろうか。たしかに、無用の延命措置を講じないよう生前から意志を伝えておくことも必要である。〝今〟を大切に、一つひとつのことに、愛を込め、心を込めて生きることも善いことだ。自分の思い、言葉、行いを慎み、おかした罪を悔いること、進んで善を行うことも大切である。

しかし、にもかかわらず〝尊厳ある死〟が一〇〇パーセント得られる確約がないとすれば、一〇〇パーセント確かなこと、それは「信じる者、へりくだる者を必ずよみし給う」神に、すべてを委《ゆだ》ねる心を育てることではないだろうか。聖母のように、「思し召しのままに」という気持ちを抱いて生きるということである。

尊厳ある死でなくてもいい。見るかげもない姿で死に給うたキリストを超える死に方でなくてもいい。その死が、外見よりも深いところで〝尊厳ある〟ものであるかどうかは、神にお委ねしたらよいのだ。

不屈の精神

どんなに辛いことも耐え抜く不屈の精神、歯をくいしばって最後までやり抜くということが、物に不自由することなく、便利で安楽な生活が営める日本から、徐々に失われつつあります。ハングリー精神の欠如とでもいうのでしょうか。僅《わず》かの挫折で希望を失い、諦めてしまう人たちの姿が目につきます。

ある時のこと、一人の学生が自殺してしまいました。翌日、講義の初めに黙禱を捧げた後、私は学生たちにいいました。「人間、一生のうちに一度や二度は、死んだ方が楽だと思うほど苦しい時があるものなのよ。そんな時に、苦しいから死んでしまおうと思う前に、『苦しいから、もう一寸生きてみよう』と自分に呟いて、生き続けてみてくださいね」。

それから一カ月も経った頃だったでしょうか。大学の寮の中でいろいろの事件が起きたことがありました。折しも廊下でバッタリと、寮長をしていた大学四年生に会ったので、私はねぎらいの意味をこめて、「近頃、学寮も大変ね。ご苦労さま」といったのです。するとその寮長はニッコリ笑って、「シスター、苦しいからもう一寸がんばってみます」と言い残して、廊下を去ってゆきました。

多分、私の授業を取っていてくれたのでしょう。そのさわやかな笑顔と言葉に、私の方がかえって元気づけられたことでした。

不屈の精神というと、とかく山登りとか、ヨットでの世界一周といった大変な仕事を思い浮かべがちです。しかし、私たちの毎日の生活の中で遭遇する、一つひとつの困難、挫折に対して、希望を失うことなく、それらをしっかりと受けとめてゆく勇気もまた、そのように呼ばれていいのではないでしょうか。

今は二人の子どもに恵まれて、平凡で幸せな家庭を営んでいる、かつての寮長の笑顔と、「苦しいからもう一寸がんばってみます」という言葉が、なつかしく思い出されます。

心の痛み

「人の痛みのわかる子どもになってほしい」という言葉が、ひんぱんに聞かれるようになったのも、自分中心に生きて、他人の痛みに無関心な人々、または、他人を痛めつけ、苦しめて面白がる、心ない人々がふえている世相を反映しているといっていいでしょう。

では、どうしたら他人の心の痛みがわかる人間になれるのでしょうか。答えは、自分が痛みを経験し、そこから思いやりの心を育てることにあります。「我が身をつねって、人の痛さを知れ」と母は口癖のようにいっていたものです。「つねってはいけません」というお説教ではなく、「人をつねるなら、まず自分でその痛みを味わった上でしかしてはならない」ということだったのでしょう。

ですから、私たちの心が傷つけられ、痛めつけられる機会も、満更《まんざら》捨てたものではないのです。そのおかげで、私たちは他人の痛みを思いやることができる人間に、なろうと思えばなれるのですから。

わたしは傷を持っている
でも　その傷のところから
あなたのやさしさがしみてくる
（星野富弘）

傷がなかったなら、表面をここちよくなでていっただけかも知れない「人の優しさ」「神の優しさ」が、傷があったからこそ、しみじみわかったと、この若くして怪我をして手足の自由を失い、心にも大きな傷を負った人は、うたっているのです。

体にせよ、心にせよ、傷は負わないにこしたことはありません。七年ほど前、膠原病にかかり、その後、骨粗鬆症で胸椎をつぶした経験をしてからというもの、私は痛みなしに寝返りができ、ベッドから朝起きられ、階段を昇降できる有り難さを、毎日かみしめています。

財産としての年月

最近出合った言葉の一つで、深く心に残ったものがあります。

「私から年齢を奪わないでください。これは、私が年月をかけてつくった財産なのですから」

こういう、すてきな言葉が出せる人になりたい、また、こういうことがいえるような歳《とし》の取り方をしたいものだと、つくづく思ったことでした。

私自身も、実は、かつて次のようなことをメモに書いています。

「時間が、どうしようもなく過ぎた後に、〝老い〟だけが残るというような生き方はしたくない」

どんな時に、何がきっかけとなって、こんなことをメモしたのか、今では覚えていませんが、冒頭の言葉が心に残ったのは、この二つのセンテンスの間に、何か共通する思いがあるからなのでしょう。

〝財産〟とみなし、いとおしく思えるような命の過ごし方というのは、決して不幸や苦しみと無縁の人生を指すのではなく、人生で出合う一つひとつのことを、ていねいに、自分らしく受けとめ、自分の〝もの〟としてゆく生き方のことだと思うのです。

ミヒャエル・エンデは『モモ』という本の中で「人間は、自分の時間をどうするか、自分で決めないといけない」といっています。かくて私たちは一生の終わりに、「何と私の人生はつまらないものだったか」と不平を言う権利を持っていないことになります。なぜなら、人生をつまらないものにしたのも、意味あるものにしたのも、すべて、自分の責任だったからなのです。

岡山に赴任する前、アメリカの東海岸で修練期を過ごしていた時のことでした。修練院の広い庭は、夏ともなれば雑草が我が物顔に生《お》い茂り、私たちの格好の作業場となりました。ある日のこと、草取りをしている私たちのところに修練長がいらして、おごそかにおっしゃいました。

「草は根っこから抜くものです。むしっただけでは、またすぐ生《は》えます」

面倒くさそうな面持ちの私たちを見て、続けていわれました。「一本抜く度に、この世から悪の根が一つ、根こそぎなくなりますようにと、祈りながら作業しなさい」。

若い修練女たちが、その日の作業を終えた時、庭はいつもと同じく、きれいになっていました。でも何かが違っていたのです。それは修練女たちの過ごした時間の〝質〟でした。つまらない草取りの時間は、意味のある時間に変えられ、一人ひとりの〝財産〟となったのです。

時間の使い方は、かくて命の使い方となります。

「時は金なり」というほどに、時間には、お金を生み出す時間もあれば、お金に換算できる時間もあります。このような時間も重要ですが、真に「私の財産」と呼ぶことができる時間は、自分の魂を豊かにするものであり、永遠の世界につながるものを指すものではないかと思うのです。

なぜなら、「一生の終わりに残るものは、我々が集めたものではなくて、我々が与えたものである」からなのです。

私たちは、「ただ老いる」だけの日々を送りたくないものです。「ただ働く」だけの日々でもなく、生活の随所に愛をこめ、意味を見出し、自分しか作ることのできない〝財産〟としての毎日を過ごしたいと願っています。

この作品は、二〇〇〇年十二月にＰＨＰ研究所より刊行された。

著者紹介
渡辺和子（わたなべ　かずこ）
昭和２年２月、教育総監・渡辺錠太郎の次女として旭川市に生まれる。昭和26年、聖心女子大学を経て同29年、上智大学大学院修了。昭和31年、ノートルダム修道女会に入りアメリカに派遣されて、ボストン・カレッジ大学院に学ぶ。昭和49年、岡山県文化賞（学術部門）、昭和54年、岡山県社会福祉協議会より済世賞、昭和61年、ソロプチミスト日本財団より千嘉代子賞、平成元年、三木記念賞受賞。ノートルダム清心女子大学（岡山）教授を経て、平成２年３月まで同大学学長。現在、ノートルダム清心学園理事長。
著書に、『美しい人に』『愛をこめて生きる』『愛することは許されること』『マザー・テレサ　愛と祈りのことば〈翻訳〉』（以上、ＰＨＰ文庫）、『渡辺和子著作集Ⅰ～Ⅴ』（山陽新聞社）他多数がある。

ＰＨＰ文庫　目に見えないけれど大切なもの
あなたの心に安らぎと強さを

2003年11月19日　第１版第１刷
2014年９月10日　第１版第25刷

著　者　渡　辺　和　子
発行者　小　林　成　彦
発行所　株式会社ＰＨＰ研究所
東京本部　〒102-8331　千代田区一番町21
文庫出版部　☎03-3239-6259
普及一部　☎03-3239-6233
京都本部　〒601-8411　京都市南区西九条北ノ内町11
PHP INTERFACE　http://www.php.co.jp/

制作協力
組　版　株式会社ＰＨＰエディターズ・グループ

印刷所
製本所　図書印刷株式会社

ISBN4-569-66084-3

PHP文庫好評既刊

愛をこめて生きる

〝今〟との出逢いをたいせつに

渡辺和子 著

人の幸せは、日常の中にどれだけ愛するものがあるかにかかっている──出逢いの喜び、生命の尊さ、本当の真心の大切さを伝える一書。

定価 本体四五七円(税別)

PHP文庫好評既刊

愛と励ましの言葉366日

渡辺和子 著

愛されるためには、まず自分を愛すること――。喜びも苦しみも受容して自分らしく生きるために、心に「希望」と「強さ」をもたらす日々の言葉。

定価 本体五七一円（税別）